激情

〔英〕珍妮特·温特森 著

杨雪 译

Jeanette
Winterson

NEWSTAR PRESS

新 星 出 版 社

新经典文化股份有限公司
www.readinglife.com
出　品

写给帕特·卡瓦纳

感谢唐·伦德尔和露丝·伦德尔热情款待，并给我提供创作场所。

感谢布鲁姆斯伯里出版公司的各位同仁，尤其是莉兹·考尔德。

感谢菲莉帕·布鲁斯特的耐心付出。

你曾怀着一颗疯狂的心，离别了家乡，航过那海口上的双石，来到这里作客。

——《美狄亚》①

---

① 此处引文出自人民文学出版社 2021 年版的《欧里庇得斯悲剧二种》（罗念生译本）。——如无特殊说明，本书注释均为编者注

目 录

————

大
帝

◆

The
Emperor

拿破仑爱鸡爱得狂热，他让他的厨子们昼夜不停地工作。在他的伙房里，到处都是制作到不同阶段的鸡：有的还是凉的，挂在钩子上；有的正在烤肉扦上，缓慢地旋转；但大部分则是堆在那里坏掉了的，因为大帝太忙了。

　　被口腹之欲支配到这种地步，也是奇怪。

　　那是我的第一份工作。最开始让我给鸡拧脖子，没过多久又让我端盘子，蹚着一寸寸泥泞，把鸡送到大帝的帐篷里。大帝喜欢我，因为我矮小。我抬举自己了，他只是不讨厌我。除了约瑟芬他谁也不喜欢。他就像喜欢鸡一样喜欢约瑟芬。

服侍大帝的，身高没有超过五尺二①的。侍者他要矮小的，马匹则要高大的。他喜欢的那匹马高十七掌②，尾巴可以绕人三圈，余出的部分还能给他的情妇做顶假发。那匹马有着恶毒的眼睛，在马厩里丧命的马夫跟被端上桌的鸡一样多。没有被那畜生一蹄子踢死的马夫，也因为马的皮毛不够亮或马嚼子生了锈而被它的主人取了性命。

　　"新政府必定光彩夺目，令人称奇。"他说。我想他说的是面包和马戏团③吧。后来我们还真找到了一个从马戏团来的马夫，身高只到马腹处。他给那畜生刷毛时，得搭个底部坚固的三角梯子，可他驯马的时候，只需纵身一跃，就能稳稳地落在光亮的马背上，任凭那马怎么仰脖喷气，哪怕把鼻子插到土里，后蹄尥到天上，都无法将他甩下来。在尘土的帷幕中，一人一马便没了身影，向前奔驰好几

---

① 指 5 英尺 2 英寸，约合 157 厘米。
② 掌（hand），为测量马匹体高的单位，17 掌约合 173 厘米。
③ 指统治者通过给民众提供廉价食物和娱乐来维护统治的手段。

英里。一路上，侏儒手抓马鬃，嘴里喊着我们听不懂的滑稽指令。

可他什么都懂。

他能把大帝逗笑，能把烈马驯服，所以他留了下来。我也留了下来。我们成了朋友。

一天晚上，我们正待在伙房里，突然铃声大作，仿佛对面来了魔鬼。我们跳起来，一人冲向烤肉扦，另一人赶紧吐唾沫擦银器，我得穿上靴子，好蹚过那一段冻土。侏儒笑了，说他伺候马都没伺候人这么紧张，但我们没笑。

鸡做好了，厨子用死去士兵的头盔盛装，周围还摆了一圈欧芹。外面，雪下得很密，我感觉自己像玩具雪球里的小人。我得眯起眼，才看得清那照亮了拿破仑帐篷的黄色光晕。已是深夜，除了拿破仑，没人能在帐篷里点灯。

燃料稀缺，军队也不是人人都有帐篷住。

我进去的时候，他独自坐着，面前放着一个地球仪。他没注意到我，双手温柔地捧着地球仪转来转去，好像那是女人的胸。我轻轻咳了一声，他突然抬起头来，脸上闪过一丝惊恐。

"放下就走吧。"

"不需要我切开吗，长官？"

"我自己来，晚安。"

我懂他的意思。他现在很少叫我切了。我一走他就会掀开盖子抓起鸡，整个塞到嘴里。他希望自己的脸化作一张大嘴，好把鸡整只吞下。

第二天早上，我若能找到那块许愿骨①都算走运。

没有热意，只有不同程度的寒冷。我已经不记得坐在炉火前的感觉了。军营里就数伙房最暖和，可即便在伙房里，热气也稀薄得可怜，铜锅一盖，就再没多的了。我一周要脱一次袜子剪脚指甲，他们说我穷讲究。我们本是白人，却冻出了

---

① 许愿骨（wishbone），即鸡胸骨顶端的一块呈 "Y" 形的叉骨，在西方传统中，这块骨头常用来许愿。

红鼻头和青手指。

成了三色人。

他这么做是为了给鸡保鲜。

他把冬天当贮藏室用。

不过那是很久以前。在俄国。

如今人们说起他做的事来，仿佛一切都有道理可循。仿佛即便是他最糟糕的错误，也是时运不济或太过冒进所致。

那完全是一团糟。

所谓摧毁、强奸、屠杀、灭绝、饥荒，不过是词语的牢笼，为了让伤痛不那么真实可感。这些关于战争的词语能让你的眼睛更容易接受。

我在给你讲故事。相信我。

我本想当个鼓手。

招兵的军官给了我一颗核桃，问我能否用大拇指和食指把它捏开。我捏不开，他就笑了，说鼓手必须得有强壮的双手。我摊开手掌，核桃躺在手心，我让他捏一个试试。他脸红了，让副官把我带到了伙房。厨子看我瘦得皮包骨头，认定我剁不了肉。那一堆乱七八糟不知道是什么的肉，每天都要剁好了去煮，我干不了这个。他说我很幸运，我能服侍波拿巴本人。我差点以为自己能受训成为糕点师，用糖和奶油做出漂亮的宝塔。我们朝一顶小帐篷走去，帐篷门口站着两个面无表情的卫兵。

"这是波拿巴的专用贮藏室。"厨子说。

帐篷里从下到上塞满了一英尺见方的粗木笼子，过道很窄，勉强能容一人。每只笼子里有两三只鸡，喙和爪子都被砍掉了，一双双同样空洞的眼睛望着笼外。我胆子不小，我也见过不少农场的集中养殖架，可从未想到还有这样的死寂。甚至连一点摩挲的声音都没有。它们的命运本就是死，现在的状态和死鸡也没有区别，可它们的眼睛却是睁着的。厨子转身离开。"你的任务是把它们拎出来，拧断它们的脖子。"

我溜去了码头。因为是四月初，石头很暖和，加上我又赶了好几天的路，我便靠在那里睡着了，还梦见了鼓和红色的制服。一只靴子弄醒了我，一只硬邦邦明晃晃的靴子，带着一股熟悉的马鞍味。我抬起头，看见那只靴子正踩在我的肚子上，就像那颗核桃躺在我的手心。那个军官没有看我，只是说："你现在是个士兵了，以后露天睡觉的机会多着呢。起来吧。"

　　他抬起脚，在我正要爬起来的时候重重地踢了我一脚，目光依旧直视着前方，说道："屁股不错，很结实。"

　　很快我就听说了他的情况，不过他没再找我麻烦。我想是我身上的鸡味让他远离了我。

　　从一开始我就想家。我想念母亲，想念那座小山，太阳斜斜地照着那里的山谷。我原本讨厌的那些日常，现在都令我想念。春天，蒲公英开满田野，雨数月不停，河水漫涨。招兵的来了，我们就夸口说该出去见见世面，不能老围着红色的谷仓和我们接生的奶牛转了。大家痛痛快快签了字，不会写字的也兴冲冲地在纸上乱画一通。

我们村每年冬末都会点篝火。篝火的架子要搭好几周，搭到大教堂那么高，上面是一个用坏掉的捕鸟器和被虫蛀了的草垫子做成的尖顶，可以说很不敬神。到那时将有美酒盈杯，人人搂着心上人在黑暗中起舞。因为我们要离开，点火的活儿就交给了我们。太阳落山的时候，我们把五支烧得正旺的木柴投进火堆中央。木头发出噼里啪啦的声音，第一束篝火燃了起来，我的嘴巴开始发干。我多想自己是个圣人，有天使保护，好让我能跳进火里，燃尽身上的罪孽。我去忏悔，却完全感觉不到那种狂热。忏悔若非发自内心，便毫无意义。

我们是一个性情淡漠的民族，无论对盛筵或苦工都处之漠然。我们渴望被触动，却难以被触动。我们醒着躺在夜里，希望黑暗撕开口子为我们显出神迹。孩子们的亲密无间让我们害怕，但我们确信他们还是会像我们一样长大，像我们一样性情淡漠。在这样的夜晚，我们脸颊通红，手掌发热，我们相信明天天使就会出现在罐子里，而那片熟悉的森林中会突然显现出另一条路来。

去年的篝火盛会，有位邻居试图把他家房子的木板拆掉。他说那玩意儿没用，不过是一摊散着臭气的粪便、肉干和虱子堆。他说要把它们全烧了。他妻子拽着他的胳膊阻拦他。他妻子块头大，是个干粗活的人，可还是没能拦住他。他一拳一拳砸在风干的木材上，砸到他的手变得像一颗剥了皮的羊头。他在火边睡了一晚，直到晨风为他披上冷却的灰烬。他再未提过此事。我们也再未提过。他从此不去篝火大会。

有时我想，我们为什么不拦着他点呢。也许我们暗自希望他这么做，为我们所有人这么做。把活腻了的过去拆掉，重新开启生活。干干净净，简简单单，用双手去塑造。我想事情不会这样发展，就像波拿巴用战火点燃半个欧洲时，结局也注定不会如他所愿。

可我们有别的选择吗？

清晨到来，我们带着面包和熟干酪出发了。女人眼里噙着泪水，男人拍着我们的背，说男孩入伍是件好事。一个总是跟在我身边的小女孩拉着我的手，愁眉紧锁。

"你会去杀人吗，亨利？"

我在她身边坐下。"不杀人，路易丝，只是杀敌人。"

"什么是敌人？"

"就是不站在你这边的人。"

我们要启程前往布洛涅，加入那里的英格兰军团。布洛涅是个只有寥寥几家妓院的萧条港口，这下突然成了帝国的跳板。这里距离英国本土只有二十英里，天气晴朗的时候，能从这儿望见英国和她那自负的模样。我们了解英国人：他们连自己的孩子都吃，他们无视圣母的存在。他们自杀时带着一种难以觉察的喜悦。英国的自杀率全欧洲最高。这是我听一位神父说的。他们的牛肉是约翰牛，啤酒是带气泡的。英国人甚至现在还浸在肯特郡齐腰深的水里练兵，指望着将世界上最精锐的军队溺死。

我们将要攻入英格兰。

只要有必要，全法国都会应召入伍。波拿巴将他的国家紧紧攥着，就像攥着一块海绵，誓要挤出最后一滴水来。

我们爱上了他。

到了布洛涅，我虽然不能在意气风发的队列前昂首击鼓，但我依然抬头挺胸，因为我知道自己将会见到波拿巴本人。他会定期乘车驶出杜伊勒里宫，到海上巡视，就像人们定期查看雨水桶一样。侏儒多米诺说，站在他身旁，感觉像有飓风刮过耳畔。他说这是斯塔尔夫人的原话，她那么有名，自然不会错。她现在不住法国了，她因为反对波拿巴审查剧院、压制报纸言论而被驱逐出境。我曾从小摊贩手上买过一本她的书，小贩自称是从一位落魄贵族那里淘来的。书上的内容我看不大懂，但我学到了"知识分子"这个词，我想把它用在自己身上。

多米诺嘲笑我。

夜里我梦见了蒲公英。

厨子从他头顶上方的钩子上取下一只鸡，又从铜碗里舀了勺馅料。

他在微笑。

"今晚上城里去吧，弟兄们，包你们难忘今宵。"他把馅料塞进鸡肚子里，手一转，涂抹均匀。

"我猜你们之前都睡过女人吧？"

多数人脸红了，还有一些在嘿嘿笑。

"没睡过的话，那将是你们最美妙的体验；睡过的话，嗯，波拿巴天天都是同一个口味，也没腻烦。"

他把那只鸡拎起来给我们检视。

我本希望和那本母亲在我临走时给我的口袋本《圣经》一起留下来。我母亲深爱上帝，她说上帝和圣母就是她此生的全部所需，当然，能组建家庭她也很感激。我见过她在黎明之前跪拜，在挤牛奶之前跪拜，在喝浓粥之前跪拜，我见过她对着自己从未见过的上帝高唱圣歌。在我们村，人们多少都有些宗教信仰，我们很感激神父走七英里的路为我们带来圣饼，可信仰并未真正进入我们的内心。

　　圣保罗说结婚总好过焚烧，可我母亲说焚烧比结婚好。她本想当个修女。她希望我当神父，所以当我的伙伴们还系着绳子在犁后玩耍的时候，她已经在省吃俭用地供我读书了。

　　我当不了神父，即使我的心和她的一样敞亮，我也没法假装收到了回音。我曾向上帝和圣母喊话，可他们没有回喊。而且若是他们声音太小，我也不乐意听。上帝当然能以热情回应热情吧？

　　他能，母亲说。

　　那他就应当如此。

我母亲的家庭算不上富有，但受人尊敬。她从小就在音乐和正统文学的熏陶中安静长大。餐桌上从不谈论政治，哪怕叛军破门而入，也不改这个规矩。她们家拥护君主制。十二岁的时候，她告诉父母她想当修女，但父母不喜欢越轨的事，劝她说婚姻生活更令人满足。于是她默默长大，避开他们的视线。表面顺从乖巧，背地里却永不满足。他们要是知道，肯定会感到嫌恶，如果嫌恶本身不算一种越轨的话。她阅读圣人们的生平故事，将大半部《圣经》烂熟于心。她相信当时机成熟，圣母就会亲自来帮她。

时机成熟时她十五岁，正在一个卖牲畜的集市上。那里人潮汹涌，大家都挤着看慢吞吞的公牛和尖嗓门的绵羊。她的父母很激动，沉浸在节日氛围里。突然间，她父亲看见一个身材结实、衣着体面、肩上还扛着一个孩子的男人，父亲当即对她说，这人就是她能找到的最好的丈夫。稍后他们要一起吃饭，他想让若尔热特（也就是我母亲）在饭后为大家献唱。于是当人渐渐多起来，我母亲趁机逃走了，除了她当时穿的衣服和她总随身携带的《圣经》，什么也没拿。她藏在干草车里，在那个灼热的夜晚出了城，行过安静的乡野，直到干草车停在我后来出生的村庄。当时的她毫不畏惧，因为她相信圣母的力量。我母亲大大方方地向克劳德（我父亲）介绍了自己，请他把自己带到最近的修道院。克劳德大她十岁，虽不机灵，但很善良。他留她先住一晚，想着第二天把她送回去，或许还能领点赏钱。

　　然后她就再没回过家，也没去找修道院。几天过去了，几周过去了。她听说父亲在到处找她，每经过一座修道院就送些东西贿赂，这让她害怕。三个月过去了，她发现她照料植物很有一手，而且擅长安抚受惊的动物。克劳德几乎没跟她说过话，也从不打扰她，只不过她有时会发现他在看她——他就安静地站在那里，手搭在眼睛上方遮阳。

一天晚上，夜深了，她睡下后听见有人敲门。她打开灯，看见克劳德站在门口。他刮了胡子，穿着睡衣，身上飘来酚皂的气味。

"你愿意嫁给我吗，若尔热特？"

她摇头，他便离开了。往后的日子，他时不时会来这么一出，刮干净胡子，带着皂香味站在门口。

她同意了。她回不了家，也不能去修道院，只要她父亲还在提醒每位修道院院长可以拿她去换一个祭坛饰品。她也无法和这个男人一直不明不白地生活下去，他虽然沉默，却有碎嘴的邻居。她只能嫁给她。他爬上她的床，躺在她身边，抚摸她的脸，把她的手放在自己脸上。她并不害怕。她相信圣母的力量。

此后，只要他想要她，他就会像以前那样，敲门，等待，直到她愿意。

然后就有了我。

她给我讲过我外祖父母的事，他们的大房子，他们的钢琴。她想到我见不到他们了，眼中闪过一丝阴霾，但我其实喜欢这样的隐匿。村里其他人都有这样那样的亲戚，他们互相打闹，互相了解。我只需要编故事就好了。我的亲戚们是什么样，全凭我当时的心情。

在母亲的努力和半吊子神父的熏陶下，我习得了母语、拉丁文和英文。我还学了算数和一些急救知识。又因为神父靠赌博来贴补他那微薄的薪水，所以各种牌类游戏我都熟，骗人的把戏也知道不少。我从未告诉母亲，神父有本《圣经》只有封皮，里面装的是纸牌。有时候他带错了，于是只好念第一章《创世记》里的内容。村里人还以为他热爱创世的故事。他人很好，只是有些淡漠。我倒宁愿他是个狂热的信徒，或许这样我就能找到我愿意去深信的狂热。

我问他为什么做神父，他说既然要打工，不如选个不存在的老板。

我们一起钓鱼。他给我指过他想要的女孩，想让我帮他的忙。我从没帮过。在女人这方面我开窍得晚，就像我父亲一样。

我走的时候，母亲没有哭泣。哭泣的人是克劳德。她把自己带在身边多年的袖珍本《圣经》给了我，我答应她一定会读。

厨子看出我的犹豫，用穿肉的扦子捅了捅我。"头一次吧，小子？别怕，我认识的这些女孩干净得像哨子一样，宽广得像法国的原野。"我做好准备，用酚皂好好洗了个澡。

波拿巴，科西嘉岛人。一七六九年出生，狮子座。

矮小，苍白，情绪化，眼睛盯着未来，做事一心不贰。一七八九年的革命把世界撕了个口子，一时间，街头的顽童都聚集到了他身旁，他的号召力远超任何一位贵族。对这位年轻的炮兵中尉来说，这是绝佳的机会。用不了几年，波拿巴将军就会把意大利变成法国的疆土。

"什么是幸运，"他说，"不就是运用时机的能力？"他相信自己是世界的中心，在很长一段时间里也没什么能撼动他这个信念，哪怕是约翰牛也不行。他爱上了自己，全法国也加入了爱他的行列。这是一场浪漫剧。大概所有的浪漫剧都是这样：不是一份由平等的双方签订的契约，而是一场在日常生活里寻不到出口的梦想和欲望的爆发。只有戏剧能满足这一切，而在焰火盛时，天空被染成另一种颜色。他成了大帝。他让教皇从圣城过来给他加冕，却在最后一刻夺走教皇手中的王冠，亲手将其戴在自己的头上。他与唯一懂他的人离了婚——那个他唯一真正爱过的人，因为她没能为他诞下皇子。这是这场浪漫剧中，他唯一无法控制的部分。

他有时令人生厌，有时让人痴迷。

如果你是大帝，你会怎么做？士兵们会变成数字吗？一场场战役会变成图表吗？知识分子会被当作威胁吗？你会在海岛上度过余生吗？那里的人无聊至极，食物咸得要命。

他是世上最有权力的人，台球桌上他又是约瑟芬的手下败将。

我在给你讲故事。相信我。

妓院由一个来自瑞典的女巨人经营。她有蒲公英花一样浅黄的头发，长长地垂到膝头，像张会动的毯子。她把袖子撸起来，用艾斯长裙的吊带系住，裸露双臂。她的脖子上用皮绳系着一个平雕木娃娃。她看到我盯着它看，便把我的头揽过去，非让我嗅闻。它散发着麝香和奇异花朵的气味。

"从马提尼克岛弄的，跟波拿巴的约瑟芬一样。"

我笑了，说了声"愿我们的胜利圣母万岁"。女巨人大笑，说波拿巴不可能兑现诺言，让约瑟芬在威斯敏斯特教堂受冕。厨子厉声提醒她注意言辞，但她满不在乎。她带我们来到一间石头砌成的屋子里。屋里很冷，里面摆着睡觉用的草垫，还有一张长桌，上面摆了好几瓶红酒。我还以为会有红丝绒呢，神父当初就是这样描述这种短暂享乐的场所的。结果哪有什么温柔乡，全是毫无遮掩的皮肉生意。几个女人进来了，她们比我想象的要老，远不如神父的书上那些罪恶的插图。没有蛇一般的妖娆，也没有夏娃那样苹果般的乳房。她们身材浑圆，不修边幅，头发要么匆匆一扎，要么随意披散到肩膀上。同来的伙伴高谈阔论，把瓶子里的红酒一饮而尽。我想喝杯水，却不知该怎么开口。

厨子首先行动，拍着一个女人的屁股，取笑她的胸衣。他脚上还穿着那双油乎乎的靴子。其他人也各自找到了女伴，剩下我和一个不慌不忙的黑齿女人，她的一根手指上戴了十枚戒指。

"我头一次来。"我告诉她，希望她明白我的局促。

她捏捏我的脸颊："他们都这么说，以为头回来肯定能便宜点。要我说，新手更不好伺候，就像教人打台球时没有球杆。"她望向厨子，厨子正蹲在一张草垫上，准备掏阴茎出来。他的女伴跪在他面前，双臂交叠。他突然在她脸上扇了一巴掌，响亮的巴掌声打断了我们的谈话。

"帮忙啊，婊子，把手放进来，不会吗？还怕我的鳗鱼不成？"

我看见她的嘴唇撇下去，粗糙的皮肤上，红色掌印清晰可见。她没答话，默默把手伸进他的裤裆，像拎雪貂颈子一样将他的阴茎拎了出来。

"含在你嘴里。"

我只想喝点粥。

"你这朋友不错呀。"我的女伴说。

我只想过去拿毯子盖住他的脸，直到他不再有呼吸。这时他大吼一声，身体往后一仰，用胳膊肘撑在地上。他的女伴爬起来，狠狠地把嘴里的东西吐到了地上的碗里，然后拿红酒漱口，漱完也吐掉了。厨子听到她闹出的动静，问她怎么敢把他的精华吐到法兰西的痰盂里。

"不然我要怎么做？"

他冲她举起拳头，但拳头并未落下。我的女伴上前一步，将红酒瓶砸向他的后脑勺。她把同伴揽进怀里，迅速吻了吻她的前额。

她绝不会那样对我。

我借口头痛，去外面坐着。

我们把我们的领路人抬回去了，四个四个地轮流，像扛棺材一样把他扛在肩上，让他的脸朝下，以便呕吐。第二天一早他就去那些军官面前显摆，说那个婊子把他的阴茎整个吞下时，双颊如何像老鼠一样鼓胀。

"你脑袋怎么了？"

"回来的路上摔着了。"他说着，望向我。

他几乎夜夜出去嫖，但我再没有跟着他。这事除了多米诺和脱袍从军的鹰眼神父帕特里克，我没告诉任何人。我一心研究怎么给鸡填充馅料，怎么放缓烹饪流程。我在等待波拿巴。

终于，一个炎热的早晨，当海水在码头的石缝里留下盐坑，他来了。他带着穆拉特和贝纳多特两位将军，带着他新任命的海军上将，带着他的妻子。那个女人是那么优雅，军营里最糙的汉子见了都得多擦两次皮鞋。可我眼里只有他。多少年来，我的良师益友，那个支持革命的神父，一直在跟我灌输说波拿巴是再度归来的上帝之子。我学到的历史和地理，全是用他打过的战役标记的。我和神父曾躺在一张折了无数道的老旧世界地图上，比着他征战过的地方，看着法国的疆界一点点扩大。神父随身带着两幅画像，一幅是圣母，另一幅就是波拿巴。我看着这两幅画像长大。我母亲毫不知情，她依旧支持君主制，为玛丽·安托瓦内特①的灵魂祈祷。

当大革命将巴黎变为一座自由人的城市，将法国变为欧洲的祸害之时，我只有五岁。我们村离塞纳河不远，可我们却像住在月球上似的。除了国王和王后入狱了，其他事情没有人真正了解。我们仰赖流言；神父则仰赖他的教服上蹿下跳，躲过大

---

① 玛丽·安托瓦内特（Marie Antoinette），法国国王路易十六的王后。

炮和军刀。村民产生了分化。多数人支持国王和王后，虽然他们对人民没有一丝怜悯，就知道征税和赏景。不过我概括得未必准确，告诉我这话的是个精明的家伙，一向趋炎附势。大部分时候，尽管村里的朋友很少说出他们的不安，但当他们给牲口加围栏的时候，我在他们的肩膀上看到了那份不安，当他们在教堂听讲道时，我在他们的脸上看到了不安。不管掌权的是谁，我们从来都无可依傍。

神父说我们正活在末日里，而大革命会带来新的救世主，新的纪年也将随之而来。教堂里他从来不会讲这些。他只告诉我，而不会告诉其他人。他不会告诉提着桶的克劳德，不会告诉夜色中拥着情人的雅克，也不会告诉虔诚祈祷的我的母亲。他把我抱在膝头，让我紧贴着他的黑色教服，那上面有干草和岁月的气息；他告诉我不要怕我们村的流言，说巴黎城中不是饿殍就是死尸。"亨利，记住，耶稣说过，他带来的不是和平，而是刀剑。"

我慢慢长大，社会逐渐不那么动荡，波拿巴开始为自己打造一个名号。早在他认下大帝这个称号之前，我们就已这样称呼他了。在冬天的薄暮中，我们从临时教堂回家，神父望着留下的足迹，紧紧拥着我的臂膀，在我耳边轻声说道："他会召唤你的，就像上帝召唤撒母耳。到那时，你就启程。"

他来的那一天我们没有训练。他正好撞见我们休息，说不定是故意的。送信的一路飞奔到营地，气喘吁吁地警告我们，说波拿巴正马不停蹄地赶来，中午之前就能到。当时我们正挽着衣袖、喝着咖啡玩骰子呢。军官们都吓坏了，立马开始整顿各自的队伍，仿佛英国兵登陆了一样。来不及准备欢迎仪式，为他精心设计的帐篷里摆了两架大炮，而厨子早就喝得烂醉。

"你，"一个我没见过的上尉叫住我，"收拾收拾这些鸡。衣服不用整了，反正行军的时候你有的忙。"

就是这样了。我哪有什么荣光，不过有一堆死鸡。

我在愤怒中抓起一口最大的煮鱼锅，将一锅冷水泼到厨子身上。他纹丝不动。

一小时后，鸡插上了烤肉扦，准备烘烤。这时，上尉风风火火进来，说波拿巴要视察伙房。他就是这样的人，军中各处细节都要亲自过问，让我们很不好办。

"把这人拖出去。"上尉临走前吩咐道。厨子有二百来磅，我不到一百二十磅。我努力抬起他的上半身想往外拖，结果根本挪不了几步。

如果我是先知，而厨子是某个异教邪说的代理人，我就可以向上帝祈祷，让他派几位天使帮我挪他。结果是多米诺过来帮忙，他向我提起了埃及。

我知道埃及，因为波拿巴曾去过那儿。远征埃及虽然失败，但他英勇不改。他没染上疫病，没有发烧，在尘土中骑行数英里，滴水未进。

神父说："若非上帝保佑，他怎能做到这些？"

多米诺的办法，是像埃及人抬纪念碑那样把厨子抬出去。我们用桨当支轴，把桨放到他背后，然后在他脚底刨了个坑。

"接下来，"多米诺说，"把重量都压到这边的桨上，他就能起来了。"

简直像被起死回生的拉撒路。

我们将他立起来，我用桨撑住他的皮带，免得他又倒下去。

"现在怎么办，多米诺？"

正当我们一左一右架着这团肥肉时，帐篷的门帘开了，上尉走了进来。他的脸唰一下没了血色，就像有人拔掉了他喉咙上的塞子。他张嘴结舌，胡子摆动，一时手足无措。

把他推开的人是波拿巴。

他在我们的这出闹剧面前踱了两圈，然后问这人是谁。

"他是厨子，长官，喝得有点醉，长官。这两个人想把他挪走。"

我急着去看烤肉炉，鸡快烤煳了，但多米诺挡在我前面，说了些我听不大懂的粗野的话，后来他说那是波拿巴会用的科西嘉岛方言。他解释了一通是怎么回事，还说我们尽力模仿了他在埃及远征时用到的方法。波拿巴听完过来揪住了我的耳朵，害它后来肿了好几天。

"你看，卜尉，"他说，"我的军队之所以不可战胜，原因就在这里，士兵们个个都有决心、有办法。"上尉勉强笑了笑。波拿巴又对我说："过不了多久，你会看见更伟大的奇迹，你能从英国人的盘子里吃晚餐。上尉，让这个孩子来伺候我吧。我的军队没有短板，哪怕是勤务兵，也要像将军一样可靠。多米诺，我们下午就上马。"

我立马给我的神父朋友去了信。这简直比任何日常的奇迹都要完美。我被选中了。我没有料到厨子会就此成为我的仇敌。天黑时，添油加醋的故事就已经在军营里传开了，说我们把厨子埋在了沟渠里，趁他昏迷揍了他一顿，还有最离奇的，说多米诺给他施了咒。

"我要是会施咒，咱们还挖什么坑呢。"他说。

厨子醒了之后，脑袋依旧混沌，脾气比以前更暴了。他一出门，就有士兵朝他挤眉弄眼。于是他来找我了，当时我正坐着，捧着口袋本《圣经》，他揪紧了我的衣领。

"你以为波拿巴想要你，你就安全了吗？别看你现在没事，以后的日子还长着呢。"

他把我推到我身后装洋葱的布袋上，又往我脸上啐了一口。这之后上尉把他调到布洛涅城外的商店去当差，我们再次相遇就是很多年以后了。

"别管他了。"我和多米诺看他坐着马车离开时，多米诺说。

人们往往会忘记，日子不会重来。此时此地只有一次，每个瞬间都不会给你第二次机会。波拿巴在布洛涅的那段日子给人一种紧迫感和特权感。他起得比我们早，睡得比我们晚，训练的细节挨个儿过问，每个士兵他都亲自接见。他往海峡那边一挥手，英国仿佛就归了我们。归我们每一个人。这是他的天赋。他成了我们生活的焦点。战斗的想法鼓舞着我们。我们当然不想送命，但如果留在村子里，留在农场里，生活一样艰难，一样得艰苦劳作、忍饥挨冻、受人驱使。我们本就不是自由人。是他让我们庸碌的生活有了意义。

几百艘平底驳船滑稽地摆在一起，俨然有了西班牙大帆船的气象。等我们真出了海，为二十英里横渡做训练，我们哪还敢开捕虾网的玩笑，也没人再说这些船该给洗衣女工做水盆了。波拿巴站在岸上喊着口令，我们脸迎着风，心被他牵动着。

一艘平底驳船能载六十个人。据估计，在登陆过程中会有两万名士兵坠入海中或被英军俘虏。波拿巴觉得这个比例可以接受，陆战中他也失去过这么多士兵。我们没人担心会成为两万分之一。我们还没到担心的时候。

根据他的计划，如果法国海军能坚持守住海峡六小时，他就能让军队登陆，英国就是他的了。这看上去轻而易举。纳尔逊①那家伙不可能在六小时之内扭转局势。我们根本没把英国人放在眼里，大家已经想好登陆之后要做什么了。我想去看伦敦塔，因为神父说里面住的全是孤儿——贵族的野种，父母不愿给他们名分。我们法国可不这样，我们不会不要自己的孩子。

多米诺告诉我，传言说我们将会挖隧道，准备像鼹鼠一样出现在肯特郡的田野上。"咱俩给你那朋友脚下挖坑都花了一小时。"

还有传言说会乘热气球登陆，也有人说要把人放进大炮轰过去，还有的说法军会炸掉英国国会大厦，完成盖伊·福克斯差点完成的计划。热气球登陆是英方最重视的方案，为了防止我们真的乘热气球过去，他们在海峡沿岸的许多港口造了高塔，方便及时发现并击落我们。

简直荒唐。不过我想，要是波拿巴让我们扎上

---

① 纳尔逊，原名霍雷肖·纳尔逊（Horatio Nelson），英国海军统帅。

翅膀，飞到圣詹姆士宫去，我们可能会像孩童放风筝一样，高高兴兴就照做了。

他不在的时候，他回到巴黎处理国务的那些日日夜夜，我们的日夜也变得暗淡了。对我而言，我无人可爱，于是只好像只刺猬一样，把心藏在灌木丛中。

我有办法和神父相处。所以除了多米诺，脱袍从军的鹰眼神父帕特里克也成了我的朋友，他来自爱尔兰。

一七九九年，拿破仑还在争权，而学生们眼中的英雄霍切将军——他也是波拿巴夫人曾经的情人——已经登陆爱尔兰，差点就彻底击败英国佬了。那期间他听说，有位不太检点的神父，右眼和常人的一样，左眼却比最好的望远镜还要厉害。他早就因为从钟塔上偷窥年轻女孩而被赶出教堂了。哪个神父没做过这事呢？可因为帕特里克一只眼睛视力超群，没有一个女孩的胸部是安全的。要是有女孩在脱衣服，即便隔了两个村子，只要夜空晴朗，护窗没关，她就跟当着神父的面把衣服脱在他脚下一样。

霍切将军见多识广，并不相信老妇们讲的故事。但是很快，他就发现这些女人确实比他更有智慧。帕特里克一开始矢口否认这项指控，男人们都笑话女人和她们的幻想，但她们态度坚决，说她们能感觉到有人在偷窥。主教对这事严肃处理，并不是真的相信帕特里克能目视千里，而是因为他更喜欢唱诗班少年光滑的身体，所以觉得帕特里克的品味太令人厌恶。

神父当胸怀大志，怎么能一心盯着女人看。

既然难辨传言真假，霍切便邀帕特里克喝酒，等到他喝得站都站不稳了才连扶带抬，把他拖到一座小山丘上。那里视野好，可以看见山谷那边好几英里远的地方。两人相邻而坐，趁帕特里克打盹儿，霍切掏出一面小红旗挥了几分钟，然后把帕特里克摇醒，故意称赞起夕阳和美景来。为了不拂主人面子，帕特里克顺着他指的地方望去，承认爱尔兰是有点天堂的景色在的。突然他身体往前一弓，眯起一只眼，用主教分施圣餐时那种低沉而神圣的声音说："你想瞧瞧吗？"

"瞧什么，那只猎鹰？"

"别管猎鹰不猎鹰了。她跟头母牛一样又壮又黑。"霍切看不见，但他知道帕特里克看见了。那是他找的妓女，正在十五英里外的田野里脱衣服。他还每隔一段路安排了一个士兵，替他用红旗传信号。

霍切回法国的时候，把帕特里克带在了身边。

在布洛涅，帕特里克一般待在特制的柱子顶端，就像叙利亚的坐柱者一样。从那里他可以看到海峡对岸，好随时汇报纳尔逊舰队的行踪，让我们的练习部队远离英军威胁。如果撞上英方巡逻，出港太远的法国船只很可能被一阵猛烈的舷侧炮火击沉。为了预警，帕特里克被配发了一个一人高的阿尔卑斯长号，在起雾的夜晚，那悠远的声音可以响彻多佛白崖。无怪乎有流言说，波拿巴请了魔鬼出山，来帮他盯梢。

为法国人效劳，感觉怎么样？

比起为英国人效劳，他倒更乐意给法国人干。

不用伺候波拿巴的时候，我大部分时间都和帕特里克一起待在柱子上。柱子顶部有二十英寸长、十五英寸宽，打牌还是够的。有时候多米诺会上来同我们打拳击。他矮小的身材并不是劣势，虽然帕特里克的拳头猛得像炮弹，却从没砸到过多米诺身上。多米诺的办法是跳来跳去，直到对手累了，再瞅准时机，一击即中。他靠的不是拳头，而是双脚，辗转挪移，或者从倒立中猛地弹起。拳击我们是打着玩的，但我亲眼见过他跳向公牛的前额，直接把牛撂倒了。

"你要是我这样的体格，亨利，你就得学会照顾自己，不能指望人人都是好心。"

我从柱顶向外望去，让帕特里克给我描述英国军舰甲板上的状况。他能看见海军上将们套着白色的绑腿，海员在绳索间跑上跑下，调整角度，让风吹满船帆。到处都在抽鞭子。帕特里克说他看见有个人背上的肉被整块掀起。他们把他泡在海里，避免伤口感染，然后又把他扔在甲板上，让他被太阳暴晒。帕特里克说他能看到面包里的象鼻虫。

　　别信这个故事。

　　一八〇四年七月二十日。离天亮还有一段时间，但也不再是夜晚了。

　　树林中、海面上、军营里，都显出一丝不安来。我们时睡时醒，鸟儿也是一样，想要睡着，又总担心该起了。差不多再过半个小时，熟悉的寒冷而灰暗的光线就会出现，而后太阳缓缓升起，海鸥开始喧嚣。我挨到平时起床的时间，走到港口，看船只像狗一样被系在岸边。

　　我等待阳光劈向水面。

过去的十九天里风平浪静。我们在烈日炙烤的岩石上晾晒衣物，因为风力不足以把它们吹干。可今天我的袖子拍打着胳膊，船被吹得东倒西歪。

今天要列队。再过几个小时，波拿巴就要来督战。他想要在十五分钟之内，让两万五千名士兵登船。

他说到做到。

没人料到天气会骤变。如果风力继续增强，就无法冒险驶入海峡了。

帕特里克说海峡里有很多人鱼。他说这些人鱼想男人了，所以才把我们中的许多人拉下水。

看着白色的浪花拍打船侧，我怀疑这场淘气的风暴是否也是拜人鱼所赐？

好在风暴总会过去。

中午。雨顺着鼻子淌到脖子下面，又顺着裤腿流进靴子。要和身边的士兵说话，我得把双手做成筒状罩在嘴上。风把船吹散了，人只好下到齐胸深的水里，胡乱打着这辈子最紧的结。军官说我们不能浪费今天的演练机会。波拿巴的外套被风吹到了头上。他说我们能做到，我们便能做到。

一八〇四年十月二十日。这一天，两千名士兵溺亡。

风刮得太大，大家只好把盯梢的帕特里克绑在几大桶苹果上。我们系的驳船不过是孩童的玩具。波拿巴站在码头边，对军官说没有风暴能击败我们。

"要我说，即便天塌下来，我们也能用长矛顶住。"

也许吧。但靠意志击退不了海水，靠武器也不行。

我躺在帕特里克身边，用带子把自己系好，躺平。浪太大了，什么也看不清，在风雨的间隙，我看到原本泊船的位置一个个空了出来。

人鱼应该不会寂寞了。

我们应该倒戈相向，应该看他的笑话，应该把那些死者海草般的头发甩到他脸上。可他的脸似乎在恳求我们，去证明他的英明。

晚上，暴风雨终于停歇，我们坐在湿透的帐篷里，煮着咖啡，没人开口。

没有人说，离开他吧，恨他吧。我们用手托着碗，喝着咖啡，就着他特意派发给每个人的白兰地。

那晚我侍候他。他的笑容驱散了那些戳进我耳朵和嘴巴的断肢所带来的疯狂。

我身上挂满了死尸。

第二天一早，两千名新兵进驻布洛涅。

你曾想起过你的童年吗？

每次闻到粥的味道，我都会想起童年。有时去过码头之后，我会走进镇子里，用鼻子追踪新鲜面包和培根的香味。每次途经某栋房子——它在一排房子中，外观无甚特别——我都能闻到燕麦粥温和的香气。甜中带一丝咸，像毯子一般厚重。我不知道谁住在这家，谁负责掌勺，但我能想象那黄色的火焰和黑色的锅。在家里我们用的是由我抛光的铜锅，我喜欢抛光，喜欢金属的光泽。我妈妈煮粥，她一晚上不熄火，把燕麦熬一整夜。早晨她再往炉子里鼓风，火苗噌一下蹿到烟囱里，粥的边缘就变成褐色，像纸一样贴着锅边，里面则溢出白色的泡沫。

我们的地板是用蒲苇做的。冬天，母亲会铺上干草。干草混合着燕麦粥的香气，让家里闻起来像是饲料槽。

我的朋友们早上都吃热乎乎的面包。

我很幸福，但幸福是成年人的语词。你不用问孩子幸不幸福，要么是，要么不是，他的答案写在脸上。大人把幸福挂在嘴边，因为他们难得幸福。谈论幸福就像捕捉风一样。更简单的方法是就让风从你身边吹过。这也是我难以认同哲学家的地方。他们谈论着激情，自己却没有半点激情。千万不要和一个哲学家谈论幸福。

但我已不再是个孩子了，天堂的快乐我也感受不到。语词和理念溜进来，阻隔了我和我的感觉。就连我们与生俱来的幸福感都被阻隔了。

今天早晨，我闻着燕麦粥的香味，看见一个小男孩注视着铜锅上自己的映像，那是他亲手抛光的铜锅。他父亲见状笑了，把刮胡子的镜子递给他。可在镜子中，男孩只能看见一张脸。而在铜锅的弧面上，他能看见自己的脸扭曲成各种形状。在这么多张脸中，他看见自己可能成为的样子。

新兵来了，多数还没长胡子，脸颊红润得像颗苹果。如我一般，是乡下来的新鲜货。他们的脸上挂着毫不掩饰的憧憬。他们被一群人围着忙前忙后，领到制服，学到规矩；这些替代了索要牛奶桶的呼喊和没完没了照顾小猪的活计。军官与他们握手——这是成年人才有的待遇。

没人提昨天的阅兵。我们身上的水已经擦干，帐篷也干了，进了水的驳船被翻了个儿停在港口。

海水没有恶意，帕特里克在柱子上安静地刮着胡子。新兵被编入军团，相识的人得按规矩打散。这是新的开始。男孩们要成为男人了。

从家里带来的念想很快就会被弄丢或吃光。

奇怪，短短几个月变化竟如此之大。我刚来的时候和他们一样，至今仍有许多相似之处，可我的同伴们已不是眼中闪烁着炮火的羞涩男孩了。他们变得更加粗粝，更加强壮。你自然会说，军旅生活就是这样。

但这还事关其他东西，其他一些难以言说的东西。

我们到这儿的时候，是从母亲或心上人那儿来的。我们习惯了母亲被劳作捶打的臂膀，再强壮的孩子也躲不过母亲的耳光，事后耳朵里仍然嗡嗡作响。我们追求女孩的节奏也是乡野式的。和丰收一样缓慢，和播种一样激烈。这里没有女人，只有我们的想象和一群娼妓。我们已记不得女人究竟有何能耐，可以把男人的激情转化为神圣的东西——又是《圣经》里的语词，可我在想我父亲，在夕阳炙热的傍晚，他用手遮着眼睛，慢慢适应我母亲的存在。我在想我母亲，她有一颗躁动的心。还有那些等在田里的女人，她们等待的男人已在昨日落水，又有一批母亲的儿子取代了他们的位置。

我们从不在这里想起他们，我们只想起他们的躯体。我们不时谈论家乡，可我们眼中的他们已不是他们本来的样子——最可靠的他们，最被珍爱的他们，乡邻都认识的他们。

他们走远了。不管我们做什么，不做什么，他们都走远了。

我们村有一个自诩发明家的人。他把大把的时间花在滑轮、绳索和木工上，造出用来养牛的设备，或者铺设管道把河水引入家中。他话语里仿佛有光，待邻居也颇为随和。他习惯了失望，因此也擅长抚平别人的失望。在一个被雨水和阳光统治的村庄里，失望随处可见。

在他一次又一次的发明中，在他对我们不懈的鼓舞中，他的妻子，那个除了说"饭好了"便不发一言的妻子，在田间劳作，操持着这个家。又因为男人贪恋床笫，她还有六个孩子需要照顾。

有一次，他去了城里，想赚点钱，回来却两手空空，家里的积蓄也丢光了。她什么也没说，就坐在打扫干净的房子里，补着浆洗干净的衣服，明年的作物她也已经播到地里了。

你听得出来，我喜欢这个男人。我要是说他不干活，说我们不需要他和他这样的乐观，那我就是个傻子。可那天中午当她突然离世，他话语中的光就消失了，他搭的管子也被泥土填满，他连地都种不好，更别提养活六个孩子了。

她给了他任性的资本，所以她是他的神。

而神，往往不被看见。

新兵来了都哭，他们想念妈妈，想念心上人，甚至想要回家。他们明白了家为何让他们如此牵挂——不是出于矫情或作秀，而是因为那一张张他们所爱之人的面孔。多数新兵还不到十七岁，可他们却要在几周之内完成困扰哲学家一生的问题——怎样在死亡面前理解人生，怎样激荡起生命的激情。

他们不知道该怎么做，但他们知道怎样遗忘。他们一点一点地把体内那个灼烧的夏天抛却，只留下欲望和愤怒。

我是在那场海难之后开始记日记的。记了日记，我就不会遗忘。往后余生，当我坐在炉火边回忆过去的日子，便有了一个清晰的参照，不会被记忆的把戏所愚弄。我将此告诉多米诺，他说："你现在看这些事，未必比将来看得清。"

我不同意。我知道老人是怎么罔顾事实、混淆视听，把过去粉饰成最好的，因为过去已经过去。波拿巴自己不也这样说过吗？

"瞧瞧你，"多米诺说，"神父把你带大，母亲又那么虔诚。要你端枪射只兔子你都做不到。是什么让你认为自己能看得清楚？是什么给予你权利让你记下这些东西，然后三十年后——如果我们还活着的话——拿给我看，说你写下的才是真相？"

"我不在乎什么真相，多米诺，我只在乎自己的感受。我的感受会变，我想要记住。"

他耸耸肩，走开了。他从不提未来，只是偶尔喝醉的时候，他会谈起他辉煌的过去——其中有衣服上缀着亮片的女人，两条尾巴的马，和一个将自己装在大炮里发射出去并以此为生的父亲。多米诺来自东欧某国，皮肤是老橄榄树的颜色。我们只知道几年前他稀里糊涂进了法国，从脱缰的马蹄下救出了约瑟芬女士。那时她还只是博阿尔内夫人，刚从阴冷潮湿的卡默斯监狱放出来。她丈夫已经被雅各宾派处决，她能逃出来完全是因为罗伯斯庇尔刚好死在了她准备去追随他的那天早晨。多米诺说她是个很聪明的女人，还说她在身无分文的日子里，经常向军官们发起台球挑战。如果她输了，军官们可以留下来吃早饭；如果她赢了，他们就得替她付那追到眼前的账单。

她从没输过。

多年以后，她的丈夫急需一名马夫，她举荐了多米诺。他们找到他时，他正在马戏团表演吞火。他对波拿巴的忠诚并不纯粹，他爱的是约瑟芬和那些马。

他给我讲他以前认识的几个算命师，每周都有好多人寻来，想算算前世今生。"不过我要告诉你，亨利，你从现在偷走的每一刻，都会永远从你生命中消失。真正存在的只有当下。"

我不理他，继续写我的日记。八月，当太阳把草晒得焦黄，波拿巴宣布他将在十二月举行加冕典礼。

我被命令离开军营。他说等典礼结束就叫我回来，他还有大事要和我一起干。他说他喜欢用餐时旁边有张笑脸。我的人生一向这样：要么没人注意到我，要么人人都向我倾吐秘密。一开始我以为只有神父这样，因为神父比普通人情感更炽烈。后来发现不光是神父，这一定是因为我哪里看起来不太一样。

我刚开始在拿破仑手下当差时，就发现他很爱说格言一般的话。他讲话不像我们日常所言，给人的感觉像在述说某种伟大的思想。我把听到的都记了下来，后来才意识到那些话语有多古怪。那都是他演讲里的片段，我承认听他演讲我会落泪。就算恨着他，他依然能让我落泪。不是因为恐惧。他太伟大了。他的伟大用常理是无法解释的。

回家花了一周，有车就坐车，没车就走路。加冕的消息传开了，一路上大家喜气洋洋，对典礼很是期待。谁还记得十五年前，我们费了那么大力气，正是为了把国王永远赶走。那时我们曾发誓除非是出于自卫，否则绝不会再参与战斗。可如今我们却欢迎君主的到来，希望他统治整个世界。我们不过是常人罢了。

我穿着士兵的制服，一路受到优待。吃的用的全靠沿途的百姓照拂，今年新收的粮食也有我一份。作为报答，我给他们讲我在布洛涅军营的故事，讲我们看见对岸英国人战栗的靴子。我添油加醋，甚至胡编乱造。为什么不呢？他们高兴就好。我没有提那些与人鱼结亲的士兵。农场里的孩子听了我的故事，恨不得立刻参军，我劝他们等典礼结束再说。

"陛下需要你时，自然会召唤你。在那之前，好好待在家里也是为法兰西出力。"

女人们自然很感激这话。

我离开家有六个月了。当马车在离家一英里处把我放下时，时间好像又回到了从前。我感到害怕。我怕一切不一样了，我怕家乡不欢迎我。游子总是希望家乡保持原样，变化的是自己：胡子长了，有了孩子，或者去过遍地黄金的温暖国度，有一番奇遇可讲。这样的故事我有不少，但我要确保听众已经就座。我没走最显眼的那条道，而是像土匪一样潜入村庄。我已经猜想到他们这会儿都在干什么了——我母亲应该在土豆田里，父亲应该在牛棚。我要从山坡上跑下去，给他们一个惊喜。他们不知道我要回来。往这里递信，一个星期都到不了。

我四处张望。他们俩都在田里。母亲两手撑着后腰，正仰头看翻滚的流云。她在等雨落下。她要根据降雨来安排计划。父亲在她旁边，站得直直的，一只手提一个袋子。我小时候就见父亲这样提过袋子，袋里全是瞎眼的鼹鼠，它们的胡须上还沾着土，脏兮兮的。鼹鼠都死了。我们设了陷阱，免得它们破坏庄稼，可我那时不懂，只怪父亲杀生。是母亲将浑身冻僵的我从深夜的守灵中拉走。早上袋子就没了。后来我自己也杀过鼹鼠，杀的时候偏过头不去看就好了。

母亲，父亲，我爱你们。

好几个晚上我们都围坐在炉火边，喝着克劳德酿的原浆白兰地，直到火光暗淡，如玫瑰凋谢。母亲兴高采烈地讲述她的过去，仿佛只要王位上有人，逝去的时光就能回来。她甚至说要给她父母写信。她知道他们一定欢迎君主制的回归。我很诧异，我以为她一直支持的是波旁王朝。难道说，原本痛恨的人一旦成了皇帝，她就能化恨为爱？

"他做得对，亨利。国不能无君，也不能无后，不然我们仰望谁呢？"

"您还是可以仰望波拿巴呀，不管他当不当皇帝。"

她做不到。他也知道她做不到。他要登基，绝不仅仅出于虚荣。

母亲说起她的父母时，那种期盼就像即将归家的游子。她心目中的父母还和以前一样，家具也是曾经的摆放方式。二十多年了，她也没想过家具会坏，会挪地方。她记忆里父亲的胡子还是一样的颜色。我懂她的期盼。对波拿巴，我们各自有各自的期许。

时间最能抚平一切。人会遗忘，会老去，会厌倦。她曾经冒着生命危险想要逃离的父母，如今在她的讲述中却充满温情。她忘了吗？时间浇灭了她的愤怒吗？

她望着我："亨利，我老了，没以前那么计较了。命运给我什么，我就受着，我也不问为什么。思念他们，爱他们，我感觉很舒心。就是这样。"

我的脸在灼烧。我有什么资格评判她？我有什么资格夺走她眼中的光芒，让她觉得自己愚蠢又矫情？我跪在她身旁，背对炉火，胸膛贴在她膝前。她手上拿着针线。"你像我过去一样，"她说，"没有耐性，只有一颗脆弱的心。"

雨下了好几天。细细密密的雨，半小时才把衣服浸湿，掀不起多大风浪。我去各家串门，访亲拜友，谈天说地，碰上要修理或收拾什么的情况，我就搭把手。神父朝圣去了，我给他留了几封长信——那种我最想收到的信。

我喜欢日暮。黑夜未至，尚显得友好。就算不打灯笼独自行走也不会害怕。姑娘们唱着歌归来，最后一趟挤奶结束了。我要是突然跳出来，她们会尖叫着追我，不过谁也不会真的心悸。我不明白黑暗与黑暗之间的差别为何如此之大。真正的黑夜那么深，那么静，充盈着你的眼睛，连外套和心脏之间的空间都被它填满。我深夜在外时，怕的不是刀剑和拳脚——尽管墙后篱边常有，我怕的是黑夜本身。你原本高高兴兴走着路，一路吹着口哨，突然有那么五分钟，你站住不动，定在空旷的田野、寂寥的小道。那时你才知道你正经受苦难。黑夜只允许你迈完一步再迈下一步。每迈出一步，黑夜就在你背后合上。前面的空间是闭合的，除非你迈出脚去。黑暗是绝对的存在。在黑暗中行走就像在深水里游泳，而且你还没法上来换气。

　　晚上躺在床上时，黑夜是柔软的，像棉布，甜蜜又让人窒息。村里靠月亮照明。没有月亮的时候，窗外就是漆黑一片，仿佛外面是一堵高墙，又罩了一层黑到不能再黑的罩子。盲人就是这种感觉吗？我以前这样想，后来听说不是。有一个常来村里的小贩是盲人，听到我描述的黑夜，他笑了，他说黑夜是他的妻子。我们从他那儿买水桶，还会让他在厨房吃饭。他从没像我那样洒过汤或是把菜送到鼻子里。"我能看见，"他说，"只不过用的不是眼睛。"

他去年冬天死了，我母亲说。

现在天刚黑不久，这是我离家前的最后一晚。我们不打算做什么特别的事。我们不愿去想即将到来的离别。

我向母亲保证，等加冕典礼结束就把她接到巴黎。一想到我从未真正活出自我，道别反而容易了些。多米诺也会去巴黎——去照顾那些蠢马。这群畜生要和宫廷里的其他动物一道，安静地列队前行。这么重要的场合，不知道波拿巴为什么非要让马也上场。马是战士的坐骑，不是宫廷的摆设。不过他总爱强调，他也是一名战士。

克劳德好不容易上了床，只剩下我和母亲。我们没有说话，手拉着手直到灯芯燃尽，我们便沉入黑夜之中。

巴黎从未有过这种富贵。

波拿巴家族对每一处细节都有要求，从奶油，到大卫，无一例外。大卫称赞拿破仑的头型是完美的罗马式，拿破仑被捧得很高兴，便让他来给加冕典礼作画。于是他每天一边在巴黎圣母院画草图，一边忙着跟那些想阻止革命的工人吵架。约瑟芬名义上负责花饰，可她并不甘心只摆弄花瓶。她设计了一条从圣母院到皇宫的路线，跟大卫一样兴致勃勃地投入这昙花一现的大作。我头一次遇见她是在台球桌旁，当时和她对打的是塔列朗先生，这位绅士明显对球类并不擅长。而约瑟芬虽然穿着繁复厚重的裙子——那裙子如果展开恐怕能从她脚下一路铺到圣母院——却依然举止自如，不受丝毫束缚，她弓身的样子和球杆组成了优美的平行线。波拿巴让我作侍者的装扮，给皇后殿下送去下午小食。她喜欢在四点吃甜瓜。塔列朗先生要了葡萄酒。

拿破仑处在一种几乎疯狂的节日情绪中。在两天前的晚宴上，他打扮成教皇的样子，色迷迷地问约瑟芬想与上帝做怎样的亲密接触。我只好盯着鸡看。

现在，他又叫我脱下士兵制服，换上了宫廷礼服。衣服太紧，他看了都笑。他总笑。他只能靠笑来放松了，再不然就是一次比一次热的热水澡，不论白天黑夜，他说洗就要洗。皇宫里，浴室的侍者和厨房的一样一刻也不敢停歇。他随时可能会叫热水，哪怕只是浴缸没放满水，当值的侍者也得挨顿骂。他的浴室我见过一次，特别大一间房，里面放着战舰一样的大浴缸，角落里是一个大火炉。水不停烧着，一锅又一锅往浴缸里倒，来来回回地加热，直到他来泡澡。浴室里安排的是从法国各地挑来的斗牛士，都是些可以把铜壶像茶杯一样端起的壮汉。他们每人管一个壶，全都光着上身，穿着宽松的水手裤，汗水流下来，就靠两条腿上的绑带接住。和水手一样，他们也按份例发酒，不过不知道是什么酒。那天我探头进来，浴室里蒸汽缭绕，个头最大的安德烈呼着气，让我想到阿拉丁神灯里的精灵。他把杯子递给我，请我喝一口，我便客气地喝了一口，没想到下一秒就把这黄褐色的东西吐了出来，被辣得发狂。他像厨师捏面条一样架住我的胳膊，跟我说，环境越热，喝的酒就越要辣。

"不然他们在马提尼克岛为什么喝朗姆？"然后他又向我挤了挤他的大眼睛，模仿皇后殿下走路。现在，皇后本人就在我面前，我实在不好意思给她呈上甜瓜。

塔列朗咳嗽了一声。

"我不会为了照顾你的情绪就让着你的。"她说。

他又咳嗽一声，她抬起头，看见我杵在那儿，于是放下球杆，走过来从我手中接过盘子。

"这里的侍者我都认识，怎么没见过你？"

"我是从布洛涅来的，殿下。我是来这儿侍弄鸡的。"

她笑了，上下打量着我。

"你穿得不像士兵。"

"是的，殿下。陛下说我在宫里服侍，就要穿得像个侍者。"

她点点头。"你可以按自己的想法来穿。我会跟他说的。你要不要来服侍我？甜瓜比鸡可好吃多了。"

我很惶恐。我一路走来，难道是为了失去他吗？

"不，殿下。我做不了甜瓜，我只会做鸡。我只学过做鸡。"

（我听上去像个街头浪荡儿。）

她的手在我的胳膊上搭了一秒，目光发亮。

"我看得出你是有热情的。下去吧。"

我满怀感激地弓身而退，一路跑到了侍者休息区。休息区有我的一个小房间，职位特殊才能有这样的优待。我在这儿放了几本书、一支我一直想学的长笛，还有我的日记。我写下她，或者说试图写下她。我不懂她，正如我不懂布洛涅的妓女。我想，我还是写拿破仑吧。

后来，我就忙着侍候一场又一场的宴会。新皇登基，那些被征服的领主都要过来祝贺。宾客们趁机大吃难得一见的鱼和牛肉，狂蘸新研制的酱料，他却还是吃鸡，一晚上能吃一整只，还经常忘了吃蔬菜。也从没人提示这一点。他咳嗽一声，整个席间就安静下来。有时我看见皇后在看我，可每当我们目光交汇，她又是那副似笑非笑的样子，我便垂下眼睑。多看她一眼也是对他的背叛。我嫉妒她可以属于他。

接下来的几周，他怕被下毒，怕被暗杀，怕到了病态的程度。他不是贪恋自己的生命，而是不能拿法兰西的命运开玩笑。他进餐之前，会让我全部尝一遍。他增加了一倍的警卫。据说他睡觉前会把床也检查一遍。他睡觉的时候并不多。他像狗一样，闭上眼睛就能睡着；但心里有事的时候，也能几天几夜不合眼，熬得将军们、朋友们都撑不住，纷纷在他旁边倒下。

到了十一月底，距离加冕典礼还不到两周，他突然命令我回布洛涅去。他说我缺乏正统的军队训练，等我把毛瑟枪用得跟切肉刀一样熟练，才能更好地侍候他。他可能是看到我脸红了吧，也许他知道我的心情，多数人他都能一眼洞穿。他把我的耳朵拧得生疼，告诉我新年会有一个特别的职位给我。

于是，在梦想之城即将绽放的时候，我离开了。听别人说，在那个盛况空前的早晨，拿破仑从教皇手中接过皇冠，戴到了自己头上，然后自己给约瑟芬加冕。据说他们从凯歌夫人的酒庄订了一年的酒。凯歌夫人的丈夫刚去世不久，她便一人扛下了所有的生意，就指着新皇登基大赚一笔了。盛典救活的不止她一个。巴黎家家夜不闭户，蜡烛点了三天三夜。除了年老体弱的，谁舍得睡觉，个个都在烂醉和癫狂中度过。（我说的可不包括那些贵族，不过他们本来也与此无关。）

布洛涅天气恶劣，我白天训练十个小时，晚上倒头就睡。营地帐篷是临时搭的，无比潮湿，毯子也不足以抵御严寒。我们的条件原本是不错的，供给也足，可我不在的这段时间，几千新兵涌入——他们全都受到那个热烈支持拿破仑的神父的鼓动，笃信通往天堂的路就在布洛涅。征兵面向所有人，而能不能入伍则是征兵的官员说了算。到圣诞节时，营地已经有十万人了，往后只多不少。我们负重四十磅跑步，来回涉水，练习徒手搏击。所有的耕地都用来为我们提供口粮，即便这样还是不够。虽然拿破仑讨厌供应承包商，但我们吃的大多数肉类还是来自无名产地，究竟是什么肉估计连亚当都认不出来。每人每天两磅面包、四盎司肉和四盎司蔬菜。我们一有机会就偷东西，发了薪水就花，去酒馆吃饭，还肆意劫掠在附近安静生活的百姓。拿破仑下令调几个劳军妇①到特定的军营里去。劳军妇是个振奋人心的军队用词，实

① 原文为法语，以斜体标示。原文斜体内容在本书中均以特殊格式标示。

际上那些妓女是一无所有的。她们的伙食比我们的还差，接客的时间不比我们训练的时间短，报酬还低。镇上的妓女可怜她们，时常拿毯子和面包过来探望。这些劳军妇有的是从家里跑出来的，有的是走丢的，有的是家里人口太多养不活的，还有不愿再被醉酒的主人强暴的侍女，以及换了别处也没生意可做的老女人。她们来时每人只领到一套内衣和一条根本不顶事的裙子，海风一刮，胸都能冻住。披肩也发了，但谁要是工作时还盖着披肩，被举报了是要罚款的。罚了款，一周的薪水不是所剩无几，而是分文不剩。镇上的妓女有选择权，收费也按自己的喜好来，可以看人下菜碟。劳军妇不管白天黑夜，让服务多少人就得服务多少人。一次军官的聚会后，我见到一个女人爬着回家，她告诉我她是数到三十九的时候失去意识的。

基督就是在数到三十九的时候失去意识的。

那年冬天，盐粒和海风把我们的皮肤吹打得生疼，多数人都长了很大的冻疮。长在脚趾和上嘴唇的冻疮最为普遍。有胡子也没用，毛发反而加重了痛感。

圣诞节，劳军妇不放假，但我们放假。我们拿多出来的木头烤着火，喝着剩下的白兰地，为大帝干杯。我偷了一只鹅，然后怀着愧疚的喜悦和帕特里克一起在柱顶把它煮着吃了。应该跟大家分享的，但那会儿我们太饿了。他给我讲了爱尔兰的故事，讲了地下火和住在每座山底下的地精。

"我说真的，我自己的靴子就曾被这些小妖精弄成指甲盖大小的了。"

他说那是七月的一个夜晚，他去偷猎。那晚天气晴朗，月亮高悬，星星也很多。穿过森林的时候，他看见一圈绿色的火焰，燃烧得有一个人那么高，中间有三只地精。他认得他们，知道他们是妖精而不是精灵，因为他们拿着铲子、长着胡子。"于是我像周六晚上教堂的钟一样一声不吭，打算把他们当野鸡给捉住。"

他听见他们在说宝藏的事，说是从仙子那里偷来的，就埋在火圈下方的地里。突然，一只地精仰起头吸了吸鼻子，好像有所警觉。

"有人的气味，"他说，"是个邋遢人，靴子上还有泥巴。"另一只地精笑了："那有什么? 靴子上有土的人可讲不了我们的密室。"

"别冒险了，我们走吧。"头一只地精说。一眨眼的工夫他们就走了，那圈火焰也跟着消失了。帕特里克在树丛里多藏了一会儿，琢磨着刚才听到的对话。确认四下无人后，他脱下靴子，蹑手蹑脚地来到刚才火圈所在的地方。地面上看不出燃烧的痕迹，可他的脚底却感到灼痛。

"于是我知道这地方一定有秘密。"

他挖了一晚上，挖到天都亮了，才发现这里除了几只鼹鼠和一堆虫子，再没别的了。筋疲力尽的他回头去穿鞋，却发现靴子变了样。

"比指甲盖大不了多少。"

他在口袋里搜了半天，递给我一双迷你小靴子——细节丰富，跟部磨损，鞋带也脱了线。

"我发誓它们之前很合脚。"

我不知道该不该信他，他看见我的眉头皱了又皱，便伸手把靴子拿了回去。"我光着脚走回家，到了早上要做弥撒的时候，我走上圣坛都很勉强。因为太累，我就给会众们放了一天假。"他露出狡黠的笑容，捶了我肩膀一拳。

"相信我，我在给你讲故事呢。"

他还给我讲了别的故事，关于圣母玛利亚和她如何靠不住的故事。

"女人一向聪明。"他说。

"男人要是撒谎，她们总能看出来。圣母玛利亚就是女人，虽然她圣洁得很，但据我所知没有男人骗得了她。你就算没日没夜地祷告，她也不会听的。所以男人要祷告，还是得认准耶稣。"

我嘟囔说圣母可是我们和神之间的中保。

"是中保没错，但她只是女人的中保。我们家乡有一座她的雕像，逼真得很，简直让你以为那就是圣母本人。于是女人们噙着泪带着鲜花来了。我当时就藏在柱子后面，我可以向所有圣人发誓：圣母的雕像动了。可男人进来的时候，他们把帽子拿在手上，向圣母祈求这祈求那，那尊雕像就跟石头一样一动不动。我跟他们说过多少遍了，要祷告就去找耶稣，我好说歹说（耶稣的雕像就在旁边），他们就是不听，因为男人个个都喜欢想象有个女人聆听他们说话。"

"你不向她祷告吗？"

"当然不。我们约定好了的。我尊敬她，照料她的雕像，但我俩互不干涉。话说回来，要是上帝没有侵犯她，她不会是这个样子。"

他在说什么呢？

"所以，女人都希望你尊重她。触碰之前要先征得同意。我现在都觉得上帝那么做不应该，怎么能不提前派个天使问问就直接上手呢，害得她连梳头的时间都没有。我看她永远都不会原谅他的。他太轻率了。也难怪她现在这么高傲，我不怪她。"

我从没有以这样的方式看待过圣母。

帕特里克喜欢女人，从不介意多看一眼。

"不过说起来，我要上手的女人，从不会连头发都来不及梳。"

剩下的圣诞假期里我们都待在柱子上，躲在一桶桶苹果后面打牌。到了除夕夜，帕特里克放下梯子，叫我一起去参加圣餐仪式。

"我不信教。"

"那你就作为我的朋友参加。"

他许诺只要我去，就给我一瓶白兰地。于是我们踏上了冰封的街道，去了海员教堂——比起军营里的祷告室，帕特里克更喜欢这里。

镇上的男女渐渐填满了这里，他们虽裹得严严实实，但穿的也是最好的衣服。只有我们俩是军营来的。估计也只有我们俩还在这天寒地冻中保持着清醒。这座教堂很朴素，只有几扇彩色窗户和一座披了红袍的圣母雕像。我犹犹豫豫地向她鞠了一躬，帕特里克瞥见后，又露出狡黠的笑。

我们扯着嗓子唱了圣歌，人与人之间的温暖祥和融化了我这颗不信神的心。玻璃上结着冰花，膝下的石头渗出墓穴似的寒意。最年长的老人露出庄严的微笑，而孩子们——其中一些太穷了，只能靠在手上缠绷带保暖——都长着天使一样的头发。

圣母俯视着众人。

我们把只有几个人能读懂的带有污渍的祷告书放了下来，以纯洁的心领受圣餐。帕特里克领完之后，把胡子夹起来，又跑到队尾拿了第二次圣餐。

"祝福翻倍。"他对我耳语道。

我本来不打算领圣餐，但我渴望有力的臂膀、确定的感觉和环绕在我周遭宁静的神圣感。这份渴望迫使我站了起来，沿着过道与陌生人的目光相遇。他们的目光饱含温情，仿佛我就是他们的儿子。我跪下来，香气让我头晕目眩，神父和缓而重复的话语安抚着我怦怦乱跳的心脏。我再一次想起与神同在的生活，想起我的母亲，她此刻一定也跪着，在遥远的家乡伸出双手，领受属于她的那份天国圣餐。在我们的村庄，巷子空了，宅户也静悄悄，所有人热闹地聚在谷仓。这帮诚实质朴的人没有属于自己的教堂，便自己造了一座教堂。以他们的血肉之躯。

温顺的牛群安然入睡。

我伸出舌头尝了尝圣饼，它灼烧着我的舌头。圣酒尝起来有股死人的味道，两千个死人。在神父的脸上，我看见那些死人正在控诉我。我紧紧抓住圣餐杯，即使我能感觉神父想将其从我手上拿走。

我紧紧抓住圣餐杯。

神父温柔地抚开我的手指，我看见每只手掌上都留下了银器的印迹。这就是我的圣痕吗？我会为每场死亡与生不如死的境地血流不止吗？如果一个士兵如此，那么其他士兵也无法幸免。我们会同地精一起到山底下去。我们会和人鱼联姻。我们再也不必离开家乡。

帕特里克领第二次圣餐的时候，我离开了，走进了寒冷的夜里。还不到十二点。没有钟声迎接新年，没有烟火称颂上帝和新皇。

我告诉自己，今年已经过去，就这样溜走，再也不会回来了。多米诺说得没错，我们只有现在。忘了吧，忘了吧，逝去的不会回来，逝去的一切都不会回来。

他们说每一片雪花都不相同。如果真是这样，世界该怎么继续？我们跪下后该如何站起，又如何从惊奇中回过神来？

靠遗忘。我们无法在心里放太多东西。

往事何须记，人生唯有此刻。

路面被一层薄冰覆盖着，一块块石砖却依然清晰，隐约可以看到孩子用裁缝的红粉笔在地上玩圈叉游戏时留下的痕迹。一朝赢，一朝输，一朝一朝不停赌。无法抗拒的是游戏本身。押上你钟爱的东西，年复一年；你押上什么来冒险，就揭示出你心里在意什么。我坐下来，在雪上画下无辜的圈和愤怒的叉。也许魔鬼愿意陪我一局，也许是圣母。拿破仑，约瑟芬。如果横竖都是输，那么输给谁又有什么要紧的呢？

教堂里传来了最后一首圣歌。

这次的圣歌不是礼拜日那种毫无感情的唱诵，那时的会众心里装的是床榻和情人。这次的圣歌不是有口无心地称颂某个具体的神，而是在歌唱爱与信。歌声飞上房椽，冲破教堂大门，从石头中逼出寒气，迫使石头号啕大哭。整个教堂为之震颤。

我的心此刻感受到了上帝。

是什么让他们如此欢愉？

是什么让这群忍饥挨冻的人相信来年一定更好？是他吗，坐在王位上的他？那个穿着朴素制服的人中之神？

有什么关系呢？我既已亲眼见到，又何必去怀疑？

街上迎面走来一个披头散发的女人，她的靴子在地上踏出橙色的火花。她笑得开怀，怀里紧紧抱着一个婴孩，径直朝我走来。

"新年快乐，大兵。"

她的婴孩睁着清澈的蓝眼睛，伸出好奇的小手，从我的扣子一路摸到鼻子。我张开双臂，将两人拥入怀中，在墙边轻轻摇晃，那样子大概有些古怪。圣歌停歇了，那一刻的寂静让我吃了一惊。

婴儿打了个嗝儿。

接着，海峡那边的火光熄灭了，两英里外军营中的欢呼声清晰地传到了我们这里。那个女人抽开身，给我留下一吻后，踩着闪亮的鞋跟消失了。圣母随她而去。

他们出来了，把神嵌入了新一年的心中。他们手挽着手，肩并着肩，有的小跑，有的大踏步向前，像参加婚礼的宾客一般。神父站在教堂门边，一束光亮洒在他身上，在他旁边，穿着红衣的辅祭男童正为圣烛挡风。街对面，从我站的地方能看见教堂内的走廊和圣坛。人都走光了，只剩帕特里克，他正背对着我站在圣坛的栏杆前。他出来的时候钟声正喧，至少有十个陌生女人搂着我的脖子祝福我。男人们大多三五成群，仍待在教堂附近；女人则手牵着手围成一个大圈，从路的这边堵到了另一边。她们开始跳舞，跳了一圈又一圈，越跳越快，看得我眼睛都花了。我听不出她们唱的是什么歌，可她们的声音满载热情。

这声音将我的心包围。

不管爱在哪里，我都要找到它；就像生于淡水的鲑鱼，誓要抵达大海。

"尝尝这个，"帕特里克递给我一个瓶子，"过了这村可没这店。"

"你从哪儿弄的？"我闻了闻木塞，它浑厚、饱满，十分诱人。

"从圣坛后面拿的。他们总会把好东西私吞。"

我们走了几英里回到营地，路上遇到一群士兵抬着一个人，那人为了迎接新年，跳进了海里。他没有死，但已经冻得说不出话了。他们要带他去妓院暖和暖和。

士兵和女人。这便是世界的模样。其他任何角色都是暂时的。其他任何角色只是摆设。

那天夜里气温竟然降至零度，我们只好睡在厨房的帐篷里，然而仍被冻到失去知觉。要承受的东西太多时，身体就会自行关闭。身体会以它自己的方式悄悄运转，等待着更好的时机，而你只能半死不活地麻木着。我们周围全是覆了白霜的躯体，男人们在醉生梦死中进入新年。我们喝光了红酒，也喝光了白兰地，我们脱掉靴子把脚插到土豆袋子底下，这就是我们拥有的全部。我听见帕特里克均匀的呼吸逐渐变成鼾声。他迷失在地精和宝藏的世界里，坚信自己会找到宝藏，即便那只是放在圣坛后面的一瓶干红。也许圣母确实在照拂他。

我一直醒着，直到传来海鸥嘹亮的叫声。那是一八〇五年的第一天，那时我二十岁。

黑桃皇后

◆

The
Queen of
Spades

这是一座被水包围的城市，水路取代了大街小巷。房屋之间的缝隙中泥沙淤积，只容老鼠通过。你很容易就迷路，一抬眼，前方可能是被一百双眼睛守望着的废墟和骨头堆成的肮脏宫殿。你也很容易就找到路，你会遇见一名老妇人站在门口，她会根据你的面相为你占卜命运。

这是一座迷宫之城。即便起点和终点一致，你每天走的路线也从不会相同——如果相同，那一定是误打误撞了。哪怕你有猎犬一样灵敏的鼻子也帮不上忙，更别提罗盘了。要是给行人指路，你以为说得清楚明了，谁知道人家转眼就穿过你没标记的水道，摸去了你没提过的广场。

要去的地方就在前方不假，可没有直走这么简单的事。咖啡厅仅仅是隔岸相望，你却不能像乌鸦一样飞过去。捷径是属于猫的路，得穿过不可能穿过的缝隙，绕过分明通向相反方向的街角。在这座变幻莫测的城市，你必须唤醒你的信仰。

有了信仰，万事皆有可能。

传说，这座城市的居民能在水上行走。更奇特的是，他们脚趾间有蹼。不过那并不是人人都有——只有世代为船夫的人才如此。

传说是这样的。

当船夫的妻子发现自己怀孕时，她会等到月圆之夜，待至四下无人之时，撑着丈夫的船划向埋葬逝者的诡异小岛。她会把迷迭香留在船头，以防没手没脚的逝者跟着她回去。她要赶到家族新近去世的亲人坟前，献上她的祭品：一瓶酒、一绺丈夫的头发和一枚银币。她得把祭品留在坟前，然后祈祷如果自己腹中的是女孩，就给她纯洁的心灵；如果是男孩，就给他船夫的脚蹼。时间一刻不容耽搁。

她得在天亮之前赶回家，然后用盐盖住船，将船静置一天一夜。一代又一代的船夫通过这样的方式保守着他们的秘密，捍卫着他们的生意。外人争不过他们的。而且无论你如何贿赂，船夫都不会脱下他们的靴子。我见过游客把钻石扔进水里，却从没见过船夫脱下靴子。

曾经有一个性格软弱愚蠢的男人，将打扫船只、卖鱼、抚养孩子都交给他的妻子操持。每到快分娩的时候，妻子都会前往那座诡异的小岛。他们住的房子夏天热冬天冷，家里人口众多，食物却有限。有一次，这个船夫在把游客从一座教堂送到另一座教堂时，跟他攀谈了起来。这位游客提到了脚蹼的传说，说着便掏出一袋金子来，让它静静地躺在船底。冬天要来了，船夫穿得单薄，于是他想就算脱只靴子让这人瞧瞧又怎样呢。第二天一早，几个要去参加弥撒的神父上了船，只见游客语无伦次，手指扯着自己的脚趾，船夫已经不见踪影。神父把这位游客带到了圣塞韦洛岛的疯人院——那是一个安静之所，专门收治家境优越的病人。据我所知，这位游客现在可能还在那儿。

那个船夫呢？

那个船夫是我父亲。

我从未见过他。我还没出生，他就不见了。

几周后，我母亲面对着一艘空空的小船，发现自己怀孕了。虽然生活没有着落，她严格来说也已经不算是船夫的妻子了，但她还是决定完成那个幽暗的仪式。某个月圆夜她划着船，一声不响穿过潟湖。系船的时候，一只猫头鹰低低掠过，翅膀打到了她的肩膀。她没受伤，但还是惊得叫了一声，退后了几步，手上的迷迭香掉进了海里。有那么一瞬间，她想干脆回去算了，不过在身上画了个十字后，她还是赶到了她父亲的坟前，摆上祭品。她知道最近去世的亲人应该是她丈夫，可他没有坟头。她想，他怎么可以死后和生前都像透明人一样。完成仪式后，她从螃蟹都避之不及的岸边上了船，后来又往船上狠狠倒盐，直到船沉入水中。

圣母一定护佑着她。我还没出生，她就再嫁了。这次她嫁给了一个面包师，他生意做得不错，礼拜天放得起假。

我出生的时刻恰逢日食，母亲尽力放慢分娩过程，好让我等日食过了再落地。可我偏偏是个急性子——就跟现在的我一样——产婆还在楼下热牛奶，我的脑袋就挤了出来。圆圆的脑袋，红红的头发，一双眼睛明亮如太阳，正好补上日食时分缺失的阳光。

是个女孩。

分娩的过程很顺利，产婆抓住脚踝倒提着我，我哇哇大哭。可他们给我擦身子的时候，母亲晕了过去，产婆惊得又开了一瓶酒。

我的脚上有蹼。

在船夫的世代繁衍中，从未见过女孩脚上长蹼。母亲在昏厥中想起了当初的迷迭香，她怪自己大意。或者，她该为自己和面包师的日子过得太舒服而自责？船沉以后她一次也没想起过我父亲，船沉以前想得也不多。产婆拿出剪刀，那刀片很瓷实，她说不如直接把我脚上那碍事的部分剪了。母亲虚弱地点点头，想着我大概感觉不到疼，或者宁可此时疼也好过一生受此困扰。产婆拿着剪刀，想在两个脚趾间半透明的三角形处剪出一个口子，可剪刀被弹走了，我毫发无损。她一次次地尝试，在我每只脚的五个脚趾间都试过了，但除过剪刀卷了刃，其他什么效果也没有。

"这是圣母的意思，"她干了瓶子里的酒说道，"没有刀剪得动。"

母亲开始抽泣，继而号啕大哭，直哭到我继父进屋。他是见过世面的人，一双带蹼的脚吓不退他。

"她只要穿着鞋，别人就看不见。等她嫁了人，谁知道她丈夫会不会就好这口。"

这让母亲放心下来，于是接下来的十八年，我们过上了正常家庭的生活。

自从一七九七年波拿巴征服这座迷宫之城，我们便开始了沉溺于享乐的生活。一座曾经骄傲且自由的城市突然失去了它的骄傲与自由，我们能怎么办呢？这里成了一座魔幻之岛，吸引着疯癫的有钱的无聊的变态的各色人等。我们的荣光不再，但奢靡才刚刚开始。那个男人 时兴起，我们的教堂就化为废墟，珍宝也被洗劫一空。他的女人把圣马可的珠宝镶上皇冠。但最可恶的是，他拥有了我们活生生的马——那些由自魔鬼和上帝之间伸出双臂的匠人铸造，生命被禁锢于铜像之中的杰作。他把它们从大教堂抢走，随意弃置在巴黎那座放荡之城中某个现成的广场上。

我曾有四座深爱的教堂，它们矗立在潟湖对面，俯瞰着周围宁静的岛屿。波拿巴把这些教堂拆除，改成了公共花园。我们要公共花园做什么？就算是做成花园，我们也绝不可能像他那样种上几百棵松树，排成军队一样整齐的队列。他们说约瑟芬是位园艺家——那她找不到一些更有异域风情的植物吗？我不讨厌法国人。我继父喜欢他们。法国人最爱愚蠢的蛋糕，正好兴隆我继父的生意。

他给我起的名字都是法式的。

维拉内拉。够娇俏了。

我不讨厌法国人。我不在乎他们。

十八岁时，我开始在赌场工作。女孩能做的工作其实不多。我不想去面包房，不想像我母亲那样双手红彤彤、胳膊像大腿一样粗地变老。我也不能去跳舞，原因显而易见。我最想做的工作是当船夫，却因为我的性别而被禁止。

我偶尔还是会划船出去，独自一人沿着崎岖的水道和潟湖游荡好几个钟头。我学会了船夫的绝技，靠偷师，也靠直觉。

只要瞥见某个船尾消失在看起来幽深又不好惹的水道，我就偷偷跟着，然后发现鲜为人知的城中之城。腹地城区里有小偷、犹太人，还有斜眼的孩童，他们无父无母，从东边的不毛之地流亡过来。他们成群结队地闲逛，像猫，像老鼠，一有食物就一拥而上。没人知道他们为什么在这里，也不知道是哪艘罪恶的轮船运来了他们。他们似乎活不过十二三岁，可总会有新的人再来替代他们。我曾见他们持刀相向，只为了一堆肮脏的死鸡。

这里还有被流放的人。那些曾居于优雅面对闪亮运河的辉煌宫殿，如今却被驱逐而出的男女。他们在巴黎的登记簿中已被正式记录为"死亡"。他们在这里，带着逃亡时慌忙塞进包里的零散的金盘子。只要犹太人愿意买，只要金盘子还有余存，他们就能苟且偷生。当你看见肚皮向上的浮尸，你就知道他们的金器用尽了。

有个女人拥有一支船队和一群猫，她在这个沉默的城市做香料生意。我不知道她的年纪，她的头发因沾染她住的墙角上的泥浆而变绿。她吃河中的水草，潮水退去时，水草会留在岩石上。她没有牙齿，也不需要牙齿。她还穿着逃亡时从起居室里扯下来的窗帘。一块裹在她身上，另一块披在她的肩头，像斗篷一样。她睡觉时也这么穿。

我和她说过话。当她听到有船经过，就会伸出脑袋问你现在大概是什么时候。她从来不问具体几点，从这方面讲，她还是有点哲学家气质的。有一天傍晚，我看见她鬼魅一样的头发被灯照亮。她正把烂肉往一块布上摆，旁边放了几只高脚杯。

"我晚上有宴请，"我从对面划船经过时，她冲我喊道，"我本想邀请你，但不知道你的名字。"

"维拉内拉。"我喊回去。

"你是威尼斯人，却用名字伪装自己。小心骰子，切莫投机。"

她继续低头摆她的东西。后来我们再遇见，她既不打招呼，又不叫我的名字，仿佛从未认识我。

我去赌场工作了。掷骰子，分牌，也找机会顺手牵羊。地窖里摆满香槟，夜夜都有人烂醉。赌场养了一条狗，凶猛又饥饿，专治那些不掏钱的客人。我装扮成男孩模样，这是客人喜欢看到的样子。这也是豪赌的一部分——他们喜欢猜测夸张的妆容和紧身马裤之下，对方究竟是何性别。

八月。波拿巴的生日，一个炎热的夜晚。我们都得去圣马可广场参加庆祝舞会，也不懂威尼斯人有什么可庆祝的。按我们的习俗，舞会就要穿华服美裙，赌场要在室外摆上赌桌和卡座。威尼斯涌入了从法国和奥地利来寻欢作乐的男女，还有一向迟钝的英国人，以及一票想在这里找找乐子的俄国人。取悦客人可是我们最在行的。收费不菲，但乐趣也实实在在。

我涂上朱红色的唇，脸颊上扑了白粉。美人痣不用点——我本来就有一颗，正好长在合适的位置。我穿着黄色的赌场马裤，两条腿外侧饰有条纹，还穿了一件海盗衬衫，正好遮住我的胸。这是规定穿搭，不过为了好玩，我还额外加了条胡子，或许也是为了保护自己。节日的夜晚，得防着漆黑的巷子和醉汉的双手。

我们的广场无与伦比，波拿巴不情愿地称之为"欧洲最美的客厅"。工程师在广场上搭起了一个装满火药的木架。这玩意儿会在午夜时分被点燃，我非常乐观地估计，到时候那么多脑袋瞧着天上，应该有很多荷包保不住了。

舞会八点开始，我的夜晚则从赌桌上的牌局开始。

黑桃皇后是赢，梅花 A 是输。再来一局。你要押什么？手表，房子，还是你的情人？我喜欢他们身上那迫不及待的气息。再怎么冷静，再怎么富有，也逃不掉那个气息。那是介于恐惧与欲望之间的东西。是激情，我想。

有个男人几乎每晚都来赌场找我赌运气。他身形高大，手掌上有厚厚的肉垫，像面包师的面团。当他从后面捏我的脖子，手上的汗能摩擦出声响，于是我手帕不离身。他穿着绿色的马甲，我见过他脱下马甲，因为骰子一动，他就要跟着动。他很有钱，肯定的。他一口气花掉的钱有我一个月挣的那么多。别看他在赌桌上疯狂，他其实精得很。一般男人喝醉之后，多半把钱包挂在手上，巴不得人家看到自己的财富，看到那沉甸甸的金子。但他不这样，他会把钱袋藏在裤子里，每回掏钱都背过身去，我一次都没能得手。

我不知道那里还有没有别的东西。

他对我也有同样的疑问。我见过他盯着我的裤裆看，我有时故意戴个护裆来戏弄他。我的胸很小，不用担心露出乳沟，而且我在女孩中算个子高的，尤其是在威尼斯的女孩中。

不知道他看了我的脚会怎么说。

这一晚，他穿着最好的衣服，胡子也抹得油光发亮。我在他面前摇着牌；合拢，洗牌，再捻开。他挑了一张，点数太小。再挑，太大。愿赌服输。他哈哈大笑，扔下一枚硬币。

"你才两天就长了胡子。"

"我们家族毛发旺盛。"

"适合你。"他眼睛像以往一样溜到别处，我站在赌桌后面，不为所动。他又拿出一枚硬币，我铺牌。红桃杰克。寓意不好，不过他不在乎，他把这张牌当幸运符，拿着去了别的赌桌，他说他还会回来。他的屁股把外衣绷得紧紧的。他们老把牌拿走。我没想好是再拿一副出来，还是糊弄糊弄下一位顾客。看看接下来是什么人再决定吧。

　　我喜欢夜晚。很久以前，威尼斯是一座与世隔绝的城市，我们有自己的日历，新的一天从夜晚开始。我们的交易、我们的秘密、我们的外交全在黑暗中进行。要太阳有何用？黑夜给了你伪装，这就是一座伪装之城。在那些日子里（我没办法确定具体时辰，因为有日光才有时辰），在那些太阳落了山的日子里，我们推开家门，像鳗鱼一样在水道中滑行，船头放着一盏带罩的灯。那时我们的船都是黑色，划过水面不留一丝痕迹。我们卖香水丝绸、奇珍异宝，也卖国家机密。我们造桥不是为了不走水路，哪有这么简单。桥是会面的地方，它中立而随意。敌人会选在桥上见面，在这个权力真空地带结束争端。一人走向对岸，另一人再无归期。对恋人来说，桥是一种可能，一种机会的隐喻。至于要偷运的货物，还有哪里比夜晚的桥上更安全呢？

我们是一个明达的民族，太熟悉贪婪和欲望，我们一手牵着魔鬼，一手牵着上帝，哪个都不想放开。这座活的桥引诱着每一个人，灵魂可能在这里丢失，也可能在这里重拾。

那我们自己的灵魂呢？

它们是不可分割的共生体。

如今的夜晚比早年间多了些光亮。到处都有火光，士兵喜欢街灯都亮着，喜欢运河里的倒影。他们不相信我们柔软的脚步和纤薄的匕首。不过，黑暗依旧存在，在人迹罕至的水道，在远方的潟湖。那是一种独一无二的黑暗，摸起来柔软，掂着又沉重。你张开嘴，它便滑入你腹中，合拢成一个圆球。你可以同黑暗嬉戏，在黑暗中游泳。你可以打开黑暗，就像打开一扇门。

老威尼斯人有猫一样的眼睛，能把最浓密的黑夜劈开，指引他们穿过最逼仄的道路而不会有一点磕绊。哪怕是在今天，你仔细看我们中的一些人，会发现有人的眼睛在白天会像猫一样眯成一条缝。

我曾以为黑暗和死亡大概是一码事。死亡就是光的消失。死亡不过是阴影笼罩的大地，这里买卖如常、爱恨如常，只是脚下缺了一分笃定。我以为夜比昼更短，也更无常，尤其在爱人眼里。靠着这份短暂和无常，黑夜归拢了我们的人生。白天我们会忘记这回事，只知道不断地向前进。这是一座充满未知的城市，路也好，人也罢，看着熟，却终究不是。死亡也是一样。我们不停地辨认，哪知道全是陌生的面孔。

黑夜终究不是死亡。

黑夜是暂时的，死亡却是永远。

在这里，葬礼是盛大的活动。葬礼在晚上举行，回归我们的黑夜之根。黑色的船从水面掠过，船上放着棺材，上面镶着黑玉的十字架。我的窗户俯瞰两条交叉的水道，我见过一个富人的送葬队伍，十五只船（一定得是单数）划向潟湖。与此同时，一艘穷人的船，载着一口没有上漆、只刷了沥青的棺材，也划了出来。撑船的是个老妇人，桨都快拖不动了。我以为他们得撞上，没想到富人的船队让到了一边。富人遗孀伸手示意船队让出位置，第十一艘船抛下缆绳，牵住了老妇人的船头，这样她就不用出力了。他们继续驶向诡异的圣米歇尔岛，离开了我的视线。

我自己的话，如果要死，我宁愿一个人悄悄地死，远离这个世界。我要躺在五月温暖的岩石上，等精力耗尽，就轻轻坠入河水。这点要求在威尼斯还是容易实现的。

如今的夜晚是为寻欢作乐之人准备的。用他们的话说，今晚将是一场盛会。这里有吞火者，口中吐着白沫，伸着黄色的火舌。有一头跳舞的熊。还有一群小女孩，柔美的身体光洁而呈粉红，用铜盘端着糖衣杏仁。这里有风情万种的女人，还有的女人并非女人。广场中央，穆拉诺岛的工人打造了一只巨大的玻璃鞋，往里面不断加着香槟。要想喝到得像狗一样伸舌头去舔。游客爱死这个了。已经有人淹死了，但是在如此蓬勃的生机中，一桩死亡又算得了什么？

等待火药引爆的木架上还挂着一些网和吊架。杂技演员从这里纵身一跃，荡过广场，把奇诡的阴影投在下面的舞者身上。还有人凭膝盖倒挂下来，从下面的观众中随机找人亲吻。我喜欢这种吻。这种吻填满了嘴巴，却让身体自由。要想吻得好，就得专注于双唇。手不要乱摸，心也不要乱颤。唇才是乐趣所在。激情在丝丝缕缕中才更甜蜜，像水银一样分割再分割，到最后一刻才聚合。

你瞧，爱对我来说并不陌生。

时候不早了，来者何人，脸上戴着面具？她要玩牌吗？

她要。她把一枚硬币放在掌心，我只得伸手去拿。她的肌肤温热。我摊开牌。她来选。方块十。

梅花三。黑桃皇后。

"好牌，这是威尼斯的标志。你赢了。"

她朝我笑了笑，摘下面罩，灰绿色的双眸映着金色的光彩。她的颧骨很高，涂着胭脂，发色比我的更深更红。

"再来一局？"

她摇摇头，招呼侍者拿来一瓶香槟。这香槟可不一般，是凯歌夫人酒庄的——唯一从法国流出来的好东西。她举了举杯，没说祝酒词，可能是祝自己好运吧。黑桃皇后赢得大，我们一般都不会让人抽中。她仍一言不发，透过酒杯望向我，又突然一饮而尽，并伸手抚摸我的脸。那触碰只有短暂的一秒，随后她就走了，留下我差点撞出胸腔的心，还有四分之三瓶上好的香槟。我小心翼翼地把香槟和我的心都藏好。

我对爱情秉承实用主义，男女我是不挑的。但我从不必给自己的心找个守卫。我的心是靠得住的器官。

午夜，火药被引燃，数以万计的彩色碎片绽放在圣马可广场上空。烟火持续了差不多半小时，我摸走的钱也够请朋友帮我看一下摊子了。我穿过人群，来到还冒着泡的玻璃鞋边，寻找她的身影。

她消失了。四处尽是脸孔、衣裙、面具和可供亲吻的嘴唇，还有每个街角都不会少的扒手，可偏偏没有她。一个步兵拦住我，他拿出两个玻璃球，问我想不想用我的跟他交换。我没心情玩游戏，我推开他，急切地张望，只想找到她的身影。

轮盘。赌桌。算命摊。长了三个乳房的女人。唱歌的猿猴。双倍速多米诺骨牌和塔罗牌。

她不在那儿。

她不在任何地方。

我回到卡座。香槟喝了不少，心却空空落落。

"有个女人来找过你，"朋友说，"她留下了这个。"

桌上是一只耳环。款式复古，形状很特别，明显是老黄金做的，一看就不是时下的产物。

我把它戴在耳上，把牌展成一个完美的扇形。今晚谁都别想再赢。我要留好她的牌，在她需要时呈上。

欢乐很快接近尾声。

夜里三点，狂欢的人群从圣马可广场旁的拱门乘船离开，也有人彼此倚靠着在咖啡馆门口倒成一堆。咖啡馆只好提前开门，供应浓咖啡给醉汉们醒酒。赌局结束了。赌场的计票人收拾起花哨的装饰和铺在台面上的绒布。我也下班了，天快亮了。以前我会直接回家，并在路上碰见正前往面包房的继父。他会拍拍我的肩膀，开玩笑问我挣了多少钱。他是个怪人，很多事情耸耸肩、睁只眼闭只眼就过去了。他从来不觉得他女儿穿男装讨生活有什么不好，也不介意我把偷来的钱包转手卖掉。当然，连我出生时就带着脚蹼这事儿，他也从未在意。

"总是有怪事儿呢。"他说。

我想大概是吧。

今早我不打算回家。我全身紧绷，坐立不安。我要借一艘船去水上，用威尼斯的方式平复心情。

大运河上，运蔬菜的船已经开始航行。我似乎是唯一一个在休闲放松的人。其他人在扶稳货物和与朋友拌嘴的间隙好奇地打量我。他们是我的族人，随便怎么看我都行。

我一路向前，来到了里亚托桥下。这座造型奇怪的双叶桥梁只要抬起，便可以让城市两边免于开战。人们终有一天会把它彻底接上，于是我们便成了父母兄弟。但那时悖论也将消亡。

桥能聚人，也能散人。

此刻，我划船经过水中的房屋，经过赌场，经过放债的商行、教堂和公家的建筑，来到了潟湖，这里只有风和海鸥与我做伴。

船桨给人一种确定感，那是一代代人站在同样的位置用同样的姿势从容前进的感觉。这座城里到处都是鬼魂，他们自己照顾自己。任何一个家庭如果没有这样的祖先都是不完整的。

我们的祖先。我们的归属。未来已在过去被预言，未来也只因过去而成立。没有过去和未来，当下便是不完整的。所有时间都是当下的时间，所有时间都是我们的时间。因此遗忘毫无意义，有意义的是做梦。做了梦，现实就变得丰满，变得完整。在潟湖的这个早上，过去从我的手肘下溜走，未来在水面闪光。我看见自己在水中的倒影，变幻的形象中有我未来的样子。

如果找到她，我的未来会是什么样？

我要找到她。

在恐惧与欲望之间，是激情。

激情与其说是一种情感，不如说是一种命运。在这样的风里，我除了扬帆歇桨，还有什么选择呢？

正是破晓之时。

后面的几周，我在一种狂热的眩晕中度过。

这种状态存在吗？存在的。那是一种精神紊乱的感觉。我在圣塞韦洛岛见过好几个像我这样的。哪怕毫无意义，也要像强迫症一样让自己忙碌。身体闲不下来，心里却空空荡荡。

我在街上走，绕着威尼斯一圈圈划船，我半夜醒来，肌肉僵硬，被子凌乱。我在赌场打两份工，下午穿女装，晚上穿男装。有饭便吃，累了就睡。

我变瘦了。

我发现自己目光迷离，忘了要去何方。

我好冷。

我从不去忏悔。上帝不要我们忏悔，他要我们挑战他。但有一阵子我确实会去教堂，因为我们的教堂是用心建造出来的。那是我过去不能理解的心，它装满了渴望，以至于古老的石头都镌刻着狂喜的呐喊。那是阳光下温暖的教堂。

我坐在后排，听着圣歌，礼拜时跟着喃喃自语。我未被上帝蛊惑，但我喜欢他的各式诱哄。虽然我未被蛊惑，但我慢慢能理解其他人为何如此。

内心带着此等强烈的情感，让狂热之爱不断侵蚀，哪里还有安全的地方？火药藏在哪里？夜晚如何入眠？如果我不是现在的样子，大概也会把激情转化成某种神圣的东西，好让自己再度安然入睡。这样狂喜就只是狂喜，再也不必恐惧。

我那个满身赘肉的朋友断定我是女人，要我嫁给他。他承诺给我锦衣玉食，让我吃香喝辣，条件是我在家里也得扮成男人的样子。他好这口。他说他要专门找人给我做胡子和护裆，我们可以放肆玩闹，纵情饮酒，度过美妙时光。我真想在赌场正中给他一刀，可威尼斯人的实用主义冒了出来，我想着不如给自己留一点消遣，正好缓解我找不到她的痛苦。

我一直好奇他的钱从哪来。是家里给的？他母亲现在还替他付账单吗？

不，他是自己挣的。他给法军提供肉和马匹。他跟我说他给的肉连猫都吃不饱，马更是连饿鬼都驮不动。

那他是怎么糊弄过关的？

除了他，没人能响应得那么快。不论在哪儿，命令一到，他的物资就上路了。

看来波拿巴赢得很快，要不然就是输得很快。他就是这样，不在乎质量，要的是行动。他要他的兵连日行军，再连日战斗。每一场冲锋都需要战马。这就够了。兵弱马瘸又怎样？兵只要活着就得硬撑。

我要嫁给那个肉贩子了。

我让他给我买香槟，买最好的。我好久没喝过凯歌夫人了，上次喝还是八月那个炎热的夜晚。酒液顺着我的舌头滚入喉中，激荡起过去的回忆。那轻轻一碰——明明只有一瞬，为什么能如此绵延不绝？

但基督说了句"来跟从我"，他们便跟从了他。

我沉浸在幻梦中，几乎没感觉到他的手摸上我的腿，指尖划过我的小腹。那触感使我猛然想起鱿鱼和它们的吸盘，我甩开他的手，嚷着我绝不会嫁给他，就算把全法国的凯歌夫人、全威尼斯的护档都给我，我也不嫁。他的脸 向很红，看不出对我这番恶言有何反应。他原本跪着，现在站了起来，抚平马甲。他问我是不是想继续工作。

"我当然要做，我做得这么好，而且每天都会有像你这样的客人来光顾呢。"

他给了我一拳。打得不重，但我愣住了。从来没有人打过我。于是我还了他一拳，用尽力气。

他狂笑着过来把我压在墙上。我像被一堆鱼压住了。我没有挣扎，他的体重是我的两倍都不止，我也不是什么坚贞的女英雄。我不怕失去，在我更无忧无虑的时期，该失去的早就失去了。

他弄脏了我的衬衫，临走还扔下一枚钱币。

从一个肉贩手里，我还能奢求什么？

我又回到了赌场。

十一月是威尼斯哮病开始泛滥的时节。哮病和圣马可广场一样，是我们的祖先留下的遗产。很久以前，三人理事会以隐秘手段统治我们的时候，但凡有叛徒或倒霉蛋被处理掉，都会对外宣称是死于哮病。这样说，大家都有面子。潟湖飘来的雾让我们只看见广场这头而看不见那头，也正是这雾让我们肺部淤塞。还有淅淅沥沥的小雨，让人断肠。船夫只好坐在湿透的破布上无望地看着运河。这种天气会把外国人都吓跑，这算得上唯一可以说道的好事了。阴雨天，凤凰歌剧院亮丽的水门都蒙上了一层阴影。

　　在一个赌场不需要我，连我自己也不想要自己的下午，我去了花神咖啡馆，坐在里面望着圣马可广场。很放松，很充实。

　　我坐了差不多一个小时，突然感觉有人在看我。周围没有人，目光似乎来自屏风后面稍远的地方。我没多想。看又怎样？我们不是在看别人，就是在被别人看。侍者拿着一个小袋子走了过来。

我打开一看，是只耳环。和之前那只凑成一对。

她来到我面前。我才发现我穿着同那天晚上一样的衣服，因为一会儿要去工作。我伸手摸了摸嘴边。

"你刮胡子了。"她说。

我笑了。不知该怎么说。

她邀请我明晚共进晚餐，我答应了，记下了她的地址。

那晚在赌场我一直没想好该怎么办。她把我当成美男子了。可我不是。我要不要以真面目去见她，把误会幽默地化解，再优雅离去？这个念头让我的心缩成一团。这么快就要再次失去她。而我的真面目又是什么？难道穿吊袜带的我，比穿马裤和靴子的我更真实吗？她究竟是被我的哪一点吸引了呢？

一朝赢，一朝输，一朝一朝不停赌。

我多偷了点钱，买了一瓶上好的香槟。

关键时刻，恋人们总是发挥欠佳。嘴唇发干，手心出汗，话说尽了，心脏全程都快要飞出身外。恋人们常得心脏病。他们紧张得不知如何是好，只能频频端起酒杯。他们吃得太少，常在热切盼望的交合之际晕厥。他们不知轻重，斑驳了脸上的油彩。这还不够。你越在乎什么——你的衣裙、你的美食、你的诗歌——什么就越要跟你作对。

她的家很漂亮，在一条安静的水道边，入时而不庸俗。客厅宽敞，两侧都有大窗户，壁炉也大，装得下一头猎狼犬。家具很简单，只有一张椭圆餐桌，一张贵妃榻。还有几样中国摆件，她喜欢从商船上买这些。她还喜欢收集昆虫尸体，用盒子装着堆在墙边。我以前没见过这种东西，不明白怎么会有人有这种爱好。

她在我身侧领着我参观了整间房子，不时指点她收藏的书画。上楼梯的时候，她用手托着我的胳膊。坐下吃饭时，我们没有一本正经地对坐，她坐在我旁边，酒杯放在两人中间。

我们聊什么歌剧好听，哪家剧院好看，聊游客、天气和我们自己。我告诉她我的亲生父亲是个船夫，她哈哈大笑，问脚蹼的传说是不是真的。

"当然了。"听我这么说，她笑得更开怀了。

我们用了餐。酒瓶也空了。她说她结婚很晚，本来没打算结婚，因为她很固执，自己也能养活自己。她丈夫做东方稀有书籍和手稿的生意。标记着狮身鹰首兽巢穴和鲸鱼行踪的古老地图。指引着圣杯下落的藏宝图。他话不多，知识渊博，是她喜欢的类型。

他外出了。

我们用了餐，酒瓶也空了。能说的话都说尽了，再说什么都会显得勉强或重复。我们已经一起待了五个多小时，该告辞了。我们站起来，她准备去拿点东西，我伸出胳膊，她就这样回到了我的臂弯里，我的手搭在她的肩头，她的手抚过我的脊背。保持了一会儿这样的姿势，我鼓起勇气，轻轻吻了吻她的脖颈。她没有躲开。我大着胆子吻了她的唇，又轻轻咬了她的下唇。

她回吻了我。

"我不能和你做爱。"她说。

这既是解脱，也令人绝望。

"但我可以吻你。"

于是，我们从一开始便把欢愉分割开了。她躺在地毯上，我也以合适的角度躺下，仅与她保持双唇相碰。这样的吻实在奇怪。身体本是贪婪的，此刻却只得满足于一种刺激。而正如盲人听觉更敏锐，聋人更能感受到草的生长一样，当唇齿成为爱的中心，一切便都会通过它被重新定义。多么甜蜜而精准的折磨。

晚些时候我出了她家的门，没有立刻离开，而是看着她在房间里来回走动，逐一熄灭灯光。她每上一层楼便留下一片黑暗，直到最后只剩一盏灯还亮着，那是她给自己留的灯。她说丈夫不在的时候，她会读书读到凌晨。今夜她没有读书。她在窗前短暂停留，然后整间屋子便陷入漆黑。

她在想什么？

她感觉到了什么？

我慢慢走过沉默的广场。里亚托桥上雾霭沉沉。空置船只都被罩着，只有几只猫在座板下栖息。一个人也没有，甚至连门廊下都不见拥着破衣服蜷成一团的乞丐。

怎么会这样？生活原本是井然有序、令人满意的，但突然有一天，你面前出现了一个陷阱，一脚踏错便坠入完全不同的世界，不仅地形难测，连习俗也变得诡异。

旅行者们至少还有选择。扬帆远航的时候，他们便知道情况会与家乡有异。探险家也早有准备。只有我们，在血管一样的水道中穿行，不经意间闯入腹地的城区，毫无防备。原本谈吐流利的我们，这时却发现生活变成了一门外语。那是介于沼泽与群山之间、恐惧与欲望之间、上帝与魔鬼之间的地带，那是激情会出现的地方。通往激情之路转瞬可达，回程却颇为艰难。

我没想到自己竟会这样说话。我还年轻，世界就在我的面前，将来我还会遇到其他人。这是遇见她之后我头一次萌生反叛的冲动，头一次感到自我的复苏。我不会再见她了。我可以回家，丢开这些衣服，向前看。我可以走出去，如果我想的话。我确信只要我开口，那个肉贩子仍会愿意带我去巴黎。

激情，我唾弃它。

我朝运河啐了一口。

月亮拨开云层，是轮满月，我想起母亲怀着虔诚的心，把船划到那座诡异的小岛。

运河的表面像是抛过光的黑玉。我轻轻脱掉靴子，解开袜带。脚趾之间是我自己的月亮，带着朦胧的苍白，从未派上过用场。我没少摆弄它们，但从未想过真能派上用场。母亲不肯告诉我传说到底是不是真的，我也没有做船夫的兄弟。我的兄弟都去了远方。

我能在水上行走吗？

能吗？

下水的石阶滑溜溜的，我差点跌倒。已经十一月了，真要摔倒我恐怕会丢了性命。我把脚轻轻放上水面，一使劲，它就坠入了寒冷的虚无。

两个女人的爱能长过一个晚上吗？

我拿出脚。第二天一早，一个乞丐在里亚托桥边逢人就说，有个年轻男子走在水上，如履平地。

我在给你讲故事。相信我。

再见面的时候，我借了一套军官的制服。准确地说，是偷的。

事情是这样的。

赌场里，已过午夜，一位士兵走向我，下了个不寻常的注。他说要是我打台球赢了他，他就让我从钱包里挑一样礼物。他亮了亮钱包，圆鼓鼓的，看起来没少装东西。大概是血液里流淌着父亲的基因，我对钱包毫无抵抗力。

要是输了呢？我就得让他从我的钱包里拿一样礼物。规则再清晰不过。

我们开始了，旁边有十几个无聊的赌客围观。没想到，这士兵玩得不赖。一般人在赌场泡几个小时，不管玩什么都很难保持水准了。

我输了。

我们来到他的房间，他喜欢女人脸朝下，胳膊抻开，像受难的耶稣。他技术不错，容易满足，很快就睡着了。他和我差不多高。我给他留下衬衣和靴子，把其他的拿走了。

她像老朋友般欢迎我，然后问了我制服的事。

"你又不是士兵。"

"穿着好看嘛。"

我感觉自己像萨尔皮，威尼斯的神父兼外交

家。他说他从不撒谎，但说的也不全是真话。那天晚上我们吃饭喝酒掷骰子的时候，好几次我都想解释，可舌头仿佛变钝，心里也竖起防御。

"你的脚。"她说。

"怎么了？"

"让我摸摸你的脚。"

亲爱的圣母，这可不行。

"我从不在外边脱鞋，不习惯。"

"那就把上衣脱了吧。"

上衣也不行。衬衫掀起来，她就会发现我的胸。

"天气怪冷的，脱了可不明智。好多人得了哮病。雾多重呀。"

我看见她的眉眼低垂了下去。难道她希望我再主动一点？

我可以露哪里呢？膝盖？

我什么也没脱，而是凑过去吻了她的脖颈。她把我的头埋进她的秀发，我便成了她的造物。她的香味萦绕在我身旁，后来与她分别，我只恨鼻子吸入了庸常的空气，冲淡了我体内她的香味。

我离开时，她说："我丈夫明天回来。"

哦。

我正要走，她又说："不知道什么时候能再见到你。"

她经常这么做吗？丈夫不在的时候，就去街上晃荡，物色像我这样的人？在威尼斯，人人都有软肋和獠牙。恐怕不只是威尼斯。她是不是也请他们去家里吃晚饭，用目光将他们留下，故作悲伤，说她不能做爱？也许这就是她的激情。因为激情无法抒发而产生的激情。那我呢？既然赌，就有控制不了的牌。我就是那个任意牌。即便手法老到，还有水晶球助阵，我们也无法按自己的意愿操控世界。海上有海上的风暴，陆上有陆上的风暴。只有修道院的窗内对两者都无动于衷。

我折返回去，狂拍她家的门。她打开一条缝，面露惊讶。

"我是女人。"我说着掀起衬衫，也不怕染病了。

她笑了："我知道。"

我没有回家。我留了下来。

教堂在准备迎接圣诞。每一尊圣母像都镀了金，每一尊耶稣像也重新上了漆。神父拿出金色与猩红色的礼服，上面散发出甜蜜的香味。我一天做两次弥撒，享受着主带来的日光的安慰。我从未对日光浴感到羞愧。夏天我就靠在墙上，或者像黎凡特的蜥蜴一样坐在铁井上。我喜欢被阳光晒暖的木头，可以的话我会躺在船上，顺着太阳照射的方向晒一整天。我的身体会放松下来，思维也飘走了，不知道圣人们谈的超脱是不是这个感觉？我见过东方大陆来的圣人。有次为了弥补禁止纵狗斗牛的法令，我们还展览了他们以供取乐。他们的身体很柔软，不过我听说这跟他们吃的食物有关。

日光浴显然算不上神圣，但如果带来了神圣的结果，上帝还会介意吗？我想他不会。《旧约》里，只要结果对了，手段总算不上问题。威尼斯人懂这个道理，我们最重实效。

太阳已经落山，我得换个方式来做日光浴了。教堂日光浴的关键是物尽其用，不用付钱。舒适愉悦就够了，别的不用管。而且得是圣诞节，不能是复活节。我从不在复活节去教堂。那时候教堂里太阴暗，而外面的太阳已经出来了。

如果我去忏悔，我该忏悔什么呢？忏悔我穿异性服装？主也穿过，神父也穿过。

忏悔我偷盗？主也偷过，神父也偷过。

忏悔我坠入了爱河？

我爱恋的对象已经去过圣诞节了。每年这个时候他们都会如此。他和她。我以为我会嫉妒，可我只在头几天觉得胸口和肚子里沉甸甸的，之后心里却感到快乐，甚至有些释然。我见了些老朋友，脚下又恢复了笃定的步伐。释然是因为再不能私会了，再不必争分夺秒了。有一周，她每天吃两顿早餐，一顿在家吃，一顿出来陪我吃。一顿在客厅，一顿在广场。在那以后，她的午餐就变得无比混乱。

她很想去剧院，但他不感兴趣，她便自己去。有段时间她每场戏只看一幕，中场休息时就跑出来找我。

威尼斯街头净是顽童，他们把纸条从一只手上传到另一只手上。见不了面的时候，我们就传递爱与思念的信息。见了面，我们的激情就短暂而热烈地燃烧。

她为我盛装打扮。相同的衣服我从未见她穿过第二次。

现在，我已全然向自私屈服。我为自己考虑，我想起床时才起。以前不是的，以前天还未亮我就爬起来，只为看她打开窗户的倩影。我同侍从和赌徒调笑，想起自己曾经很享受这种感觉。我唱歌给自己听，我在教堂沐浴日光。这种自由是因稀有而可贵吗？爱情中偶尔的喘息，也是因为短暂而可爱吗？如果她彻底远走，我的日子也会暗淡无光吧。

难道是因为她会回来，我才能如此自在地独处？

无望的心以矛盾为食，渴望爱人，又因爱人不在身边而感到轻松。夜里辗转难眠，抓住每一个与爱人有关的信息反复琢磨，醒来吃早饭时又从容不迫。想要稳定、忠诚和同情，又不惜把所有珍贵的东西作为筹码抛上赌桌。

赌博不是堕落，是我们人性的一种表达。

人人都赌。有人在赌桌上赌，有人在生活中赌。

一朝赢，一朝输，一朝一朝不停赌。

圣子已经降生。圣母得以升天，圣父则被遗忘。天使在唱诗班的席位上唱歌，上帝坐在教堂的屋顶上向下方的信众播撒祝福。多么神奇啊，让自己加入上帝的怀抱，和他斗智斗勇，到头来既输也赢。换了别处，你哪能这么肆意，不必照顾输家的情绪？躺在他的长矛下，闭上眼。哪里还能让你感到这么安稳？肯定不是在爱里。

他需要你胜过你需要他，因为他知道失去你的后果，而你一无所知，帽子一甩，明天又是新的一天。你在水中嬉戏，将他抛之脑后，他却得忙不迭地记录水经过你脚踝时的精确力度。

尽管享受吧。别听那些修道士的，不用早起你也能见到上帝。你可以懒洋洋地在教堂的长椅上遇见他。困难都是人造的，因为没有激情，人怎么活呢。宗教是恐惧与欲望之间的东西。那么上帝呢？如果我们不为他代言，他自己也会是这样吗？执念会有的，激情未必。

有时，我们在梦中挣脱欲望之海、登上雅各的阶梯，走向那个有序的地方。接着人声把我们惊醒，我们又淹没在海里。

新年前夜，一支船队蜿蜒在大运河上，船上点着蜡烛，生机盎然。穷人富人共享这一泓水，怀着同样的祈愿，都愿来年会更好，虽然各有各的好法。我父母从店里拿出烤面包，送给身无分文的人。父亲醉了，险些就要唱从法国妓院学来的歌。

再远一些，腹地城区内，流亡者有他们自己的视角。运河漆黑如常，仔细看，会发现蜡黄身体上披挂的破旧绸缎，以及某个地下孔洞中高脚杯的闪光。斜眼的孩子偷了只山羊，我划船经过时，他们正煞有介事地割它的喉咙。见我经过，他们停下手中的红刀子，注视着我。

我的哲学家朋友在她的露台上。所谓露台，不过是在她住的墙角处用铁环固定的几个木箱。她头上戴了个东西，圆溜溜黑黢黢的，看着不轻。我从她身边划过，她问现在是什么时候。

"快新年了。"

"我知道。闻得出来。"

她把杯子伸进河中，舀起水来痛饮。我继续往前，才看清她的王冠是由系在一起的老鼠尾巴做成的。

我没有看见犹太人。他们今晚有自己的忙头。

刺骨地冷。没有风，但冰冷的空气冻结了肺部，刺破了嘴唇。握桨的手已经僵了，我恨不得赶紧把船拴上，跟着人群拥向圣马可广场。可今晚不是享受温暖的时候。今晚死去的灵魂都出来游荡，可以和人说话。愿意听的人就会听到。她今晚在家。

我划着船经过她家旁，屋里亮着柔和的灯火，我希望能看见她的倩影、她的玉臂、她在家的任何迹象。我没看到，但我能想象，她正坐着看书，旁边放着一杯酒。她丈夫应该在书房，研究新搜罗来的宝贝。那里有钉死耶稣的十字架的下落，或者标注了去往地心火龙巢穴的密道。

我在她家的水门前停下，爬上栏杆，向屋内张望。就她独自一人。她没有看书，而是盯着自己的手心。我们曾看过对方的手相，我的沟壑纵横，而她虽然年岁较长，手心却如孩童般稚嫩。她想从手相里看到什么？前景？流年？还是想弄明白过去的经历如何造成了现在的局面？她是否在寻找那条暗示着对我有欲望的纹路？

我正要敲窗，她丈夫走了进来，惊醒了她。他吻了吻她的额头，她露出微笑。我看着他们，在这一瞬间看到的讯息比我揣测一年的所得都多。他们之间没有我和她之间的那种炽热激情，但他们之间有一种静谧与平和，这仿佛一把刀直插我的心窝。

我打了个寒战，这才意识到我正悬在两层楼高的半空中。即便在爱恋中，人也是会害怕的。

十二点差一刻的钟声在广场敲响。我回到船上，划向潟湖，手脚都没了知觉。在寂静中，我想到了自己的未来——在咖啡厅里私会，急急忙忙地穿衣，能有什么未来呢。我们以为只要愿意，太阳落了就会升起，花败了还会再开，可心却不断失望。

在这座有魔法的城市，一切似乎都有可能。时间可以停止，心脏还能跳动，真实世界的规则也可以暂停。上帝坐在梁上嘲笑魔鬼，魔鬼则用尾巴调戏上帝。一向如此。他们说船夫的脚有蹼，乞丐说看见年轻的男子走在水上。

如果你离开我，我的心会化成一汪水，流向远方。

大钟上的摩尔人抡起铁锤，依次敲击。很快

人群就会聚到广场，他们呼出的热气一路上升，在头上形成小小的云朵。我的鼻息直冲出来，像火龙一般。祖先的声音从水上传来，圣马可广场上的风琴开始演奏。在冻结与融化、爱与绝望、恐惧与欲望之间，是激情。我的桨平躺在水面上，那是一八〇五年的新年。

零度冬天

———

◆

———

The
Zero
Winter

没有什么有限度的胜利。每场胜利都会留下新的仇恨、新的失败者与受辱的人。又多了一座需要小心守护、防卫和恐惧的城池。在来到这个孤独的地方之前，我对战争的了解与孩童无异。

"你会去杀人吗，亨利？"

"不杀人，路易丝，只是杀敌人。"

"什么是敌人？"

"就是不站在你这边的人。"

当你是征服者的时候，没人和你站同一边。敌人的数量远大于朋友。那么多原本平凡普通的生命，怎么一夜之间就变成了要杀的男人和要强暴的女人呢？奥地利人、普鲁士人、意大利人、西班牙人、埃及人、英国人、波兰人、俄国人。他们要么站在了我们的对立面，要么成为依附我们的一方。名单太长了，远不止这些。

我们从未真的入侵英国。我们离开布洛涅去与第三次反法同盟作战，任由驳船在身后腐烂。先是乌尔姆、奥斯特利茨，再是埃劳、弗里德兰。我们没有口粮，靴子也散了架，一晚上只能睡两三个小时，每天都有成千上万的人死去。两年后波拿巴站在河中央的驳船上拥抱沙皇，承诺两国不再交战。挡我们道的是英国人，有了俄国的支持，英国自然会让路。再没有反法同盟，再没有日夜征战。热面包和法国的田野回来了。

我们相信他。我们总是相信他。

我在奥斯特利茨失去了一只眼睛。多米诺负了伤，帕特里克仍跟我们在一起，但视力退化到只看得见面前的酒瓶。本来故事到此就该结束。我应该像其他士兵一样消失。隐姓埋名，在某个村庄开家店，或许还能结个婚。

我没想到会来这里。这里风景很好，海鸥会飞进窗子吃我的面包。还有人煮海鸥吃，但只在冬天煮。夏天海鸥的肚子里全是虫。

　　冬天。

　　难以想象的零度冬天。

　　"进军莫斯科。"沙皇背叛他的时候，他下达了这样的号令。他设想的是一次快速的战役，给胆敢跟他作对的俄国一次暴击，怎料事与愿违。他以为他和以前一样战无不胜。就像马戏团的狗以为人人都为它的绝活喝彩，殊不知大家已经看厌。俄国人根本不屑于跟拿破仑的"伟大军团"认真作战。他们只是一边行军，一边把身后的村庄烧掉，不留一点食物，也不留栖息之所。他们走进寒冬，我们也跟了进去。穿着夏天的外套走进俄国的冬天。穿着用胶粘起来的靴子踏进积雪。马冻死了，我们就剖开马肚，把脚塞进里面睡觉。有一匹马在夜里被冻住了，早上它的主人醒来，发现塞在马肚里的脚抽不出来，就这样活生生地冻在了内脏铸成的墓穴中。我们无计可施，只得丢下他，留他在后面撕心裂肺地呼喊。

波拿巴坐着雪橇，不断向前线发布丧心病狂的军令，想让我们一举歼灭俄军。可我们歼灭不了。我们走路都困难。

焚毁村庄的后果不仅要我们来承担，当地的居民也得承担。农民的生活是与日月赛跑。和我的父母一样，他们顺应时节，期盼丰收。白天辛勤劳作，晚上伴着圣经故事和山林传说入睡。森林里游荡着孤魂野鬼，有的邪恶，有的善良；但家家户户的故事里都有美好的结局，比如孩子有惊无险，家里唯一的耕牛死而复生。

俄国的农民管沙皇叫"小父亲"，他们崇拜他，就像崇拜神一样。在他们单纯的渴望中，我看见了自己，我终于明白原来我也渴望一个小父亲，正是这渴望带我走了这么远。这些农民是炉火边的人，晚上把门一关，喝着浓汤，吃着黑面包，就很满足了。他们用歌声驱散黑夜，他们和我们一样，冬天时把牲口带进厨房取暖。俄国冬天的寒冷让人难耐，地面比士兵的刀刃还坚硬。他们只能点着灯，靠地窖的食物过活，盼望春天的到来。

军队焚烧村庄时，这些民众帮着点火，烧掉自己的家园，烧掉几年来的辛勤劳作和千百年来积累的常识。他们这么做，是为了小父亲。他们把自己暴露在零度的寒冬，一个、两个，甚至全家赴死。他们走到森林里，坐在结冰的河边，不多时，血便凉了下来，可他们依然在我们经过时放声歌唱。歌声穿透凛冽的空气，越过房屋的废墟，钻进我们的耳朵。

我们不费一颗子弹，就消灭了他们所有人。我祈祷雪落下来，将他们永远埋葬。雪落的时候，你似乎可以相信，世界又干净了。

每一片雪花都不同吗？没人知道。

我该停笔了。得去运动了。他们总想让你每天同一时间运动，不然免不了担心你的健康。他们希望我们都健健康康的，这样有人来看时，就会满意这里的管理。我希望今天有人来看我。

看着战友死去不是战争最残酷的部分，最残酷的是看着他们苟活。我听了一些故事，关于人的身体和心灵为了适应环境，可以改变到怎样的地步。我听说被太阳晒伤的人会长出又黑又厚的新皮，像粥煮烂时上面的那一层。我听说有人为了不被野兽吃掉学会不去睡觉。身体不计代价地紧紧抓住生命。没有食物，它便连自己都吃。先是脂肪，再是肌肉，最后连骨头都不放过，与食人族无异。我见过饥寒交迫的士兵在癫狂之中砍下自己的臂膀，烹而食之。你能砍到什么程度呢？砍了双臂，还有双腿；砍了双腿，还有耳朵；没了四肢，再从躯干砍下肉来。就这样砍下去，直到最后只剩一颗心脏，在被洗劫一空的宫殿里，独自跳动。

不对。应该先取心脏。这样你就不会觉得那么冷了。也不会那么痛。没了心脏，手下自然不必留情。你可以直视死亡，不再战栗。是心脏背叛了我们，让我们哭泣，让我们在本该前行的时候停下来埋葬自己的战友。正是这颗心脏，让我们在黑夜中伤怀，让我们痛恨这样的自己。正是这颗心脏，让我们唱起老歌，想起温暖的日子，让我们在行军的途中动摇，在焚毁的村庄前犹豫。

为了在零度冬天和那场战争中存活下来，我们把心架在了火堆上，永远不再理会。心脏没有典当行。你无法把心脏当掉，换身新衣服穿走，等情况好转再来赎回。

死亡面前，生命的激情还有什么意义，你只能放弃。只有放弃了，才能活下去。

如果你拒绝这样做呢？

如果你同情每一个被你杀害的人、每一条被你摧毁的生命，惋惜你毁掉的每一份来之不易的丰收，同情每一个被你夺走未来的孩子，你就会被疯癫套住脖子，牵到黑暗的森林，那里河水污浊，鸟雀噤声。

当我说我和没有心的人们生活在一起，我的用词是准确的。

时间一周周过去，我们谈着回家的事。家已不是让我们又爱又恨的地方，也不是炉火渐熄、有讨厌的活计要干的地方。家是欢乐的中心，是意义所在。我们开始相信，打仗是为了回家，为了保卫家园，让家能维持它在我们想象中的样子。现在，我们的心已不在，情绪的潮水无可阻挡地在刺刀上生根，助长了冒着湿气的火焰。为了挺过去，我们愿意相信上帝在我们这边，愿意相信俄国人就是魔鬼。家中女人的命运系于这场战争。法国的命运也系于此。除了继续，别无他法。

而最沉重的谎言是什么？是我们可以回家，把中断的日子拾起。是我们的心会和家里的老狗一起，在家门后等待着我们归来。

不是所有人都像尤利西斯那样幸运。

当气温不断降低，我们连话都不再说了，唯一的希望是抵达莫斯科。那座伟大的城市里有食物、火焰和朋友。波拿巴坚信我们只要打赢那决定性的一役，就能换来最终的和平。他已经开始起草投降书了，满纸都是折损辱骂之言，只在末尾留了一小块空白给沙皇签名。他似乎觉得要赢了，可我们一直只是在后面追赶。他有皮草来保暖，当然可以保持热血。

莫斯科到处是穹顶，造型精美，广场也多，是一座崇神之城。我得以亲见，但只是短暂的一瞥。金色的穹顶泛着橙黄色的光，人们已没了踪影。

他们放了火。甚至等波拿巴到达时——比大军抵达提前几天——火依然在烧，一直不灭。这是一座难以焚毁的城市。

我们在离火光很远的地方扎营。那天晚上他吃的鸡是我端的，鸡很瘦，摆了一圈欧芹，又是厨子用死去战士的头盔盛的。我想就是在那一晚，我意识到自己不能再待下去了。就是在那一晚，我开始恨他。

我不知道恨是什么感觉，那种由爱而生的恨。它沉重又决绝，它渴望被证伪。可时间一天天过去，它只会越来越正确，也越来越丑陋。如果爱是激情，那么恨就是执念。你想看到自己爱过的人变得软弱、畏缩，毫无同情之心。厌恶近在咫尺，尊严则早已是遥远之物。这种恨不仅指向曾经爱过的人，也指向自己；你当初怎么会爱上这样的人？

几天后帕特里克来了，我在刺骨严寒中找他，发现他身上裹着麻袋，旁边放着一瓶没有颜色的液体。他仍然负责放哨，这次是观察敌军的突袭行动，不过他整日处于醉酒状态，报告的消息不能全都当真。他在我面前晃着那个瓶子，说是一条人命换来的。当时一个农民捧出它来，求帕特里克允许他和家人一起在严寒中有尊严地死去。瓶里酿的不知是什么，只知道喝了让人难过。我闻了闻，是岁月和干草的气味。我落下泪来，泪水划过脸颊，仿佛钻石。

帕特里克接住一滴泪珠，告诉我别浪费身体的盐分。

他沉吟片刻，将其送入口中。

"它和这酒绝配。"

有个故事，讲的是一位被流放的公主，一边走一边流泪，眼泪一颗颗滴落成宝石。一只喜鹊跟在她后面，把宝石一颗颗衔起，叼去一位善良的王子窗前。王子遍寻国土，终于找到了公主，两人从此幸福地生活在一起。喜鹊成了皇家之鸟，有一整片橡树林供它栖息。公主叫人把她的眼泪做成一串美丽的项链，不是为了佩戴，而是要在不开心时看一看，提醒自己，她已经很幸福了。

"帕特里克，我要去沙漠，你去不去？"

他笑了。"我就剩半条命了，要是陪你去那种鬼地方，剩下的半条命也得搭进去。"

我没再劝他。我们坐在一起，披着麻袋，喝着酒，各做各的梦。

多米诺会去吗？

他受过伤，半边脸都炸没了，之后就不怎么说话。他头上缠着一块布，紧贴伤疤，用来吸附渗出来的血。如果长时间暴露于寒冷，伤口会裂开，脓血流得满嘴都是。医生跟他讲过，他自己缝合伤口之后内部发生了感染。医生耸耸肩。这是一场较量，他能做的都做了，但到处是散落的四肢，他能怎么办呢？只能拿白兰地镇痛。太多士兵负伤了，直接丢了命反而更好。多米诺蜷着身子，睡在简易帐篷里波拿巴的雪橇上。他很幸运，负责照管波拿巴的装备，我也很幸运，可以在军官的伙房工作。我们比别人要暖和，吃得也好一些。听起来还算不错……

我们躲过了最严酷的霜冻，每天也吃得上饭。但帆布和土豆改变不了零度冬天的事实，它们只能让我们在清醒中面对寒冷带来的死亡。当士兵倒下，知道自己终于不必再起来时，大多数人脸上都挂着微笑。在雪中睡过去，反而安逸。

多米诺的脸色很差。

"我要去沙漠了，多米诺。你去不去？"

他那天疼得厉害，完全说不了话。他在雪上写字。帐篷外飘进来的雪还没冻上。

疯了。

"我没疯，多米诺。从我入伍到现在你一直在笑我，你笑了我八年。就对我认真一回吧。"

他写：**为什么**？

"因为我待不下去了。战争不会有结果。就算回了家，也会有另一场战争。我以为他在终结战争，他自己也是这么说的。最后一仗，他说，打完这仗就是和平了。可打完一仗还有下一仗。我不想打了。"

他写道：**未来**。然后又划掉了它。

他想说什么？是指他的未来，还是我的未来？我的思绪回到海边充满咸味的日子，太阳把草烤得枯黄，男人们与人鱼结亲。那时我开始写我的小书，写到了现在。也是在那时多米诺开始嘲笑我，说未来不过是场幻梦。存在的只有当下，亨利。

他从未讲过他想做什么，他要去哪里。大家畅想未来的美好时，他也不参与。他不相信未来，他只信现在。这些年来，随着我们的未来、我们的年华不断地成为雷同的现在，我越来越理解他。八年过去了，我还在战场上，一边在伙房烹饪鸡肉，一边等着退役回家的机会。八年里，未来谈着谈着就变成了现在。年年都想"下一年，我会做点别的"，可到了下一年却依然如旧。

未来，被划掉了。

这就是战争的结果。

我不愿再崇拜他。我就是犯错也要犯属于我自己的错误，死也要死在属于我自己的时间里。

多米诺看着我。雪抹平了他写的字。

他写道：**你走吧**。

他想挤出一丝微笑。他的嘴巴笑不了，但他的眼睛是明亮的。他跳起来，像过去从最高的树上摘下苹果时那样，他在黝黑的帐篷边上摘下一根冰凌交给了我。

冰凌很美，是严寒的产物，中间还闪着光芒。我又看了一眼。冰凌里有东西，从上到下，流淌其间。是一块薄薄的金子，多米诺以前常将它戴在颈间。他说这是他的护身符。他怎么弄成了这样？为何要送给我？

他用手比画，让我明白因为伤口，他无法再将它挂在脖子上了。他把它洗干净，挂在外面，今天早上才发现它被封入了冰中。

一个日常的奇迹。

我还给他，他推开了，我只好点头收下，说我走的时候会把它挂在腰带上。

我知道他不会走的。他离不开那些马。它们就是他的现在。

我回到伙房帐篷时，帕特里克在等我，旁边还有一个我从未见过的女人。她是劳军妇。如今剩下的劳军妇没有几个了，都是仅供军官消遣的。他们两人在啃鸡腿，还递了一根给我。

"放心吧，"看我一脸惊恐，帕特里克说道，"这些不是陛下的，是这位朋友拿来的。我来找你的时候，她已经在这儿做饭了。"

"你从哪里弄的？"

"我靠做爱换来的，俄国人还有很多鸡，而莫斯科还有很多俄国人。"

我脸红了，嘟囔了些俄国人都逃走了之类的话。

她笑了，说俄国人可以藏在雪花下。然后她说："它们各不相同。"

"什么？"

"雪花。你想想。"

我真的想了想，然后我爱上了她。

那天晚上，我说我要走了，她问我她能不能和我一起。

"我可以帮你。"

就算她腿瘸了，我也愿意带上她。

"你们俩都去的话，"帕特里克一边说，一边喝光了他瓶子里最后一滴恶心的烈酒，"那我也去。一个人待在这边也没意思。"

我愣了一会儿，一时间嫉妒在胸中燃烧。

莫非帕特里克爱她？莫非她也爱帕特里克？

爱，在零度冬天。我在想什么？

我们把她带来的食物包好，又拿了好多波拿巴的物资。

他信任我，我也从未辜负他的信任。

看来，即便是伟人也有失算的时候。

我们把能拿的都拿了，她出去了一趟，回来时裹着一件皮草，又是莫斯科的纪念品。出发当口，我溜进多米诺的帐篷，把我敢分走的那份食物全留给了他，又在雪橇的积雪上歪歪扭扭地写下了我的名字。

然后我们离开了。

我们走了一天一夜没有停歇。双腿形成了一种笨拙的节律。我们不敢停下，怕脚支撑不住，也怕肺支撑不住。谁也不说话，大家都把鼻子和嘴捂得严严实实，只在眼睛处开一条缝。没有新下的雪了，地面硬邦邦的，鞋子走在上面都能敲出响来。

我想起那个带孩子的女人，她的鞋跟在鹅卵石上踏出火花。

"新年快乐，大兵。"

为什么时间已经过去了好几年，幸福的记忆却仍仿佛昨日？

我们朝来时的方向走，把烧焦的村庄当作路标。我们走得很慢，不敢全走大路，怕碰到俄军，也怕碰到我们自己的部队，那群贪婪而绝望的人。说我们叛变也好，叛国也好，总之都是不可宽恕的，而且我们连解释的机会都没有。我们在有遮蔽的地方歇下，挤在一起取暖。我想触碰她，可她身上裹得严严实实，我手上也戴着手套。

第七天夜里，我们走出森林时发现了一幢小

屋，里面放着很多老式火枪。我们猜那是俄军的军火库，但里面一个人都没有。我们累坏了，打算在这里碰碰运气，用桶里的火药渣生了火。能有个像样的地方脱鞋暖脚，这还是头一次，我和帕特里克迫不及待地把脚伸到火堆前，舒展着脚趾，哪还管这会不会对脚造成什么永久伤害。

我们的女同伴松了鞋带，却没有脱鞋，见我诧异她竟不肯享这意外之福，她解释道："我父亲是船夫，船夫从不脱鞋。"我们沉默了，也许是对习俗的尊重，也许只是疲乏。后来她主动提出，我们要是愿意，可以听听她的故事。

"有火，有故事，"帕特里克说，"现在就缺一口暖和的了。"说着他从他那深不可测的口袋里掏出了一瓶邪恶的酒。

她的故事开始了。

我一直是个赌徒。这是一种天赋，就像偷窃与爱情一样，自然地融入我的血液。那些天赋里没有的，我也在赌场里学会了。我观察别人如何下注，了解他们在乎什么，又由此愿意押上什么。我学会了怎样发起挑战，怎样让别人无法拒绝。赌，都是为了赢，但正因为有输的可能，才让我们感到如此振奋。

玩法随心而定：纸牌、骰子、多米诺骨牌、抛接子，形式只是粉饰。赌徒都得大汗淋漓。我的家乡就是一座冒险之城，一切都有可能，一切也都得付出代价。在那里，巨额财富可以一夜易主。多少年来都是如此。商船沉河，仆人背主，秘密泄露，丧钟又鸣。身无分文的浪子在这里一样受到欢迎。他们有好运眷顾，好运还会传染。走路过来的，骑马回去；而那些曾经夸耀自己财富的，则流落到里亚托桥上乞讨。多少年来一直如此。

狡猾的赌徒都会留一手，一块怀表、一只猎犬，好让下次还有筹码。魔鬼的赌徒会留下最珍贵的东西，一生只赌一次的东西。他会把那东西偷偷放入密龛，暗门背后是无人知晓的奇物珍宝。

我就认识一个这样的男人。他不是那种嗜赌如命的人，也不是那种衣服都被人扒了还不肯回家的赌棍。他有城府，传说是拿命换钱的人。他输得惨，赢得也漂亮，赌博嘛，都是这样；不同的是，他不会表露出自己的喜怒，所以没人觉得他在乎那赌注。我当时以为他只是爱好这个，便没有理会。你看，我追逐的是激情，我喜欢和不顾一切的人打交道。

　　我错了，我不该轻视他。他在等一个赌局，值得他拿出最在乎的东西。他是真正的赌客，准备将最珍贵的东西奉上，不是一条狗、一只鸡或一个骰子就能打发的。

　　在一个安静的夜晚，赌桌空了一半，多米诺骨牌躺在盒子里。他也在，东晃西晃着，吹牛聊天，喝酒调情。

　　我只觉得没劲。

　　一个男人进来了，不是我们这里的常客，没人认识他。玩了几轮半真半假的游戏之后，他看见了这个人，上去与他攀谈。他们聊了得有半个小时，很专注，我们都以为他们是老朋友，慢慢也就失去了兴趣。没想到这个有钱人和他身边弓着腰的同伴说有事情要宣布，他们要来一场绝无仅有的豪赌。于是我们清空中央大厅，让他讲话。

据他说，他的这位同伴，就是那个陌生人，来自东地中海的荒芜之地，那里蜥蜴遍地，无奇不有。在他的国度，财富算不了什么，没人拿它上赌桌。他们赌的是更大的。

一条命。

赌注是一条命。赢家可以取走输家的命，方式由赢家定，过程多快多慢都行，用什么工具都行。唯一确定的是，两个人中，只能留一条命。

这位有钱的朋友明显很激动。他的目光穿过赌桌、穿过人群，望向了我们不曾了解的地方。那是代表着痛苦与失去的地方。如果只是输掉财富，于他有什么伤害呢？

他有的是钱可输。

如果是输掉情妇，他又怎会在乎呢？

天下有的是女人。

而输掉生命，对他来说就不一样了。

他只有一条命。他得珍惜。

那天晚上，有人苦苦求他收手，他们可能在这个陌生的老家伙身上看到了邪恶的影子，也可能是怕自己收到相同的提议却不敢拒绝。

你愿意赌上什么，就说明你在乎什么。

规则如下——

总共玩三局。

第一局，轮盘赌，输赢全凭命。

第二局，纸牌，技巧占一部分。

第三局，多米诺骨牌，技巧占大头，可实际上也有运气隐藏其中。

命运之神会青睐你吗？

这是一座伪装之城。

双方同意了，过程受到严格监管。三局两胜，即为赢家。若一方作弊，则另一方为赢家。如果平手，则由赌场经理随机选择一位赢家。

规则看起来公平，在这个尔虞我诈的世界，规则能定成这样已经不错。但还是有人对这个素未谋面的男人不放心，虽然他看起来人畜无害、低调谦逊。

如果是魔鬼来玩，他会以这样的面目出现吗？

他会静悄悄地来，然后在我们耳边低语吗？

如果他以光明的天使形象出现，我们应当立马做好戒备。

双方收到信号：开始。

第一局，我们全程喝着酒，看红黑两色的转盘在手下转动，闪亮的金属指针在不同的数字上跳跃，不知输赢为何物。开始看着是有钱朋友要赢，可到了最后一刻，球弹出了槽，在渐息的弹跳声中迎来了最后的变故。

转盘停了下来。

受幸运之神眷顾的，是那个陌生人。

有一阵子，谁也没说话。我们以为有人欢喜有人愁，可两人都面色凝重地站起身来，走向蕴含着无限希望的台布。到纸牌了。没人知道他们会抽到什么牌。人只能相信自己的手。

出牌很快。两人都玩得很熟练。

他们打了大约一小时，我们也喝了一小时。喝酒是为了润唇，每落一张牌，我们的嘴唇就发干，陌生人似乎赢定了。屋里有一种微妙的气氛，这个陌生人绝不能赢，看在我们所有人的分上他必须输。我们想让那位有钱朋友发挥实力，再加一点运气，赢上一把。他没让我们失望。

他赢了纸牌。现在两人平局。

两个男人对视一眼，然后坐到了多米诺骨牌前，每个人的神色都很复杂。有钱朋友的脸上多了一分算计，而那个挑战者则多了一分凝重，不似当初的贪婪了。

一开局，就看得出两人势均力敌。他们放牌熟练，对间距和数量都有考量，算得很快，不给对方喘息之机。我们酒也不喝了。除了骨牌在大理石桌面上的敲击声，再听不到别的声音，也没有别的动作。

午夜已过。我听见水拍打着下面的石头。我听见自己喉中唾液的声音。我听见多米诺骨牌敲击在大理石桌面上的声音。

已经一个不剩了。没有空隙可放了。

陌生人赢了。

两人一同站起身来，握了握手。随后有钱人将双手撑在桌上，我们看见他的手在抖。那双养尊处优的手，在抖。陌生人注意到了，带着一丝笑容，他提议履行赌约。

没人说话，没人试着去阻止他们。我们想看着这一切发生吗？难道我们希望用一条命来代替一切？

我不明白为什么，我只知道我们都沉默了。

这就是死亡：一点一点地肢解，从手开始。

有钱人轻轻颔首，对我们鞠了一躬之后，和陌生人一同离开了。后面的事我们没听说，也没再见过两人。我们都安慰自己这也许是场闹剧罢了，他们会在转角处分开，这一切不过是为了吓唬对方，仅此而已。谁料几个月后的一天，我们收到了一双手，一双精心修剪过的白皙的手，装在玻璃盒子里，放在绿色台布上。左手的拇指和食指间，是一个轮盘赌的球；右手的拇指和食指间，是一张多米诺骨牌。

经理把盒子挂在墙上，一直挂到了今天。

我曾说，暗门背后总是藏着珍宝。里面藏的究竟是什么有时连我们自己都意识不到，为了躲过旁人探寻的目光，我们甚至连自己都瞒了过去。

八年前的那个晚上，一只手让我的心为之一颤，它意外地划开了暗门，让我看见自己最珍视的宝物。

我的心是一个可靠的器官，为什么会是心？

我那日夜操劳的心，玩世不恭但从来没有袒露过的心。我看见过层层叠叠的来自东方的套娃，我知道心也能掩藏自己。

这是一场凭运气的豪赌，我的心就是筹码。这样的赌局只能玩一次。

这样的赌局最好压根就不要进入。

我爱上了一个女人，我承认这不寻常。我认识她不过五个月。我们共度了九个美好的夜晚，从此再未谋面。我承认这也不寻常。

和骰子相比我一直更喜欢纸牌，所以抽到一张任意牌也并不惊讶。

黑桃皇后。

她的生活简单而优雅，她丈夫时不时会出远门，去淘换些奇珍异宝（他做旧书和地图生意）。我们遇见后不久他就走了。九天九夜，我们待在她家里，连门都没有开过，也从未望过窗外。

我们赤身裸体，毫不羞涩。

我们很幸福。

第九天，她离开了一阵，因为她得赶在丈夫回来之前处理一些家事。那一天，雨水冲刷着窗户，运河涨水，搅起河底的垃圾，那是老鼠的食物，也是漆黑迷宫里流亡者们的食物。她说她爱我。那是新年的清晨。她告诉我她爱我。她的话我从不怀疑，因为我能感觉到她的真心。她触碰我的时候，我知道她是爱着我的，那是一种我从未体验过的激情。在他人身上、在自己身上都没体验过。

　　如今爱成了一种时尚，而在这座时尚的城市，我们知道如何轻视爱情、藏起真心。我本以为自己是个文明的女人，现在才发现自己那么蛮横。一想到会失去她，我宁愿找一个不受打扰的地方和她沉入水底，也不愿当一头没有朋友的野兽。

　　到第九夜，我们和往常一样在她家吃饭、饮酒，仆人都退下了。她喜欢用香草煎蛋，就着从商人那儿买来的热萝卜吃。偶尔我们的谈话停顿，我就在她的眼里看见了明天。明天我们就要分别，回到从前那种只能在陌生街区私会的生活。有一家咖啡厅我们常去，帕多瓦大学的学生和艺术家总在那里寻找灵感。那里的人不认识她。她的朋友也不会去那儿找她。我们就在那里见面，在不属于我们的时间里见面，直到这九夜的礼物从天而降。

我接不住她的悲伤，那悲伤太沉重。

爱上一个得靠运气才能和你同宿同醒的人毫无意义。

赌博，是靠赢的希望吊着，靠输的恐惧牵着。赢的时候便相信是自己命好，有第一回肯定就有第二回。

既然能有九个夜晚，为什么不能有第十个？

时间一天天过去，我等待着第十个晚上，等待再赢一次，却没想到一点点失掉了那不可替代的珍宝。

她丈夫只做孤品的生意，绝不会买别人也可能拥有的宝贝。

那么，他能买走我的心，再把我的心送给她吗？

我已经拿它赌来了九个晚上。早上我走的时候，我没有说不会再见她。我什么约定也没做，她也没要求我做。她常说随着年龄渐长，她对生活早已无甚期盼，只随遇而安罢了。

于是我离开了。

每当我想见她，我就会去赌场，去看那些傻子在赌桌上自取其辱。我也可以再赌一个夜晚，再放纵自己一点，但是第十夜之后还有第十一夜、第十二夜，直到进入寂静的虚空，那是永远无法满足的痛苦。寂静的虚空中满是饥肠辘辘的孩子。她爱她的丈夫。

我决定结婚。

有个男人已经追求了我一段时间——一个我拒绝过、咒骂过的男人。一个我鄙视的男人。一个指节肥大的有钱人。他喜欢我装扮成男孩模样，我也乐意时不时这样装扮。这个兴趣我们倒是一致。

他每晚都来赌场，玩得很大，但从不押真正

贵重的东西。他不是傻子。他用那双肥手握住我的手，指头上仿佛有脓疮要爆开，他问我愿不愿意重新考虑他的请求。他说我们可以一起周游世界，就我们三个人——他，我，还有穿男装的我。

我家乡的那座城市变幻莫测，连形状大小都不固定。一夜之间，街巷改道，陆路变成水道。有时从一头根本走不到另一头，旅程只能中断；有时光靠步行就能把整个城市转遍，你能像个草头王子一样巡游你的王国。

我开始觉得这座城市只有两个人，相互感觉得到对方的存在，却从来见不了面。每次出门，我既希望、又害怕与另一个人相遇。陌生人来来去去，我眼里只有她的脸；再不然就是在镜中，看到我自己的脸。

世界。

世界一定足够宽广，可以让人无所畏惧地行走其间。

我们结婚了，没办婚礼，直接启程去了法国、西班牙，甚至还去了君士坦丁堡。他说话算话，这一点还不错，我每个月都能在不同的地方喝咖啡。

在某个气候宜人的城市，有一位年轻的犹太人，喜欢坐在街边喝咖啡，看着世界从他眼前流过。他看见水手，看见旅行者，看见头上戴着天鹅羽毛的女士，还有各种各样奇异的景象。

一天，他看见一个年轻女子从他身旁飞奔而过，衣袂轻飘。

她很漂亮，而他知道美丽是个好东西，于是他邀请她停留片刻，一起喝杯咖啡。

"我在逃跑。"她说。

"你在逃离什么？"

"我自己。"

不过她同意坐一会儿，因为她很寂寞。

他的名字叫萨尔瓦多。

他们讨论山脉和戏剧。他们谈论那些有着金属外壳、能够不用换气潜完一整条河的动物。他们说起人人都藏在心里的珍宝。"看。"萨尔瓦多说着，掏出一个盒子，外面镶着珐琅，里面是柔软的衬布，盒子里放的是他的心。

"作为交换，把你的心给我吧。"

可是她给不了，因为她来周游世界时就没有带心，她的心在别的地方跳动。

她谢过那个年轻人，回到了丈夫身边，丈夫的手像蟹爪一样划过她的身体。

那个年轻人则常常想起在那个晴朗的日子里出现的美丽女子，拂过的微风让她的耳环像鱼鳍一样摆动。

我们旅行了两年，然后我偷走了他的表和他身上所有的钱，离开了他。为了掩人耳目，我装扮成男孩模样。在他喝着红酒打着鼾，与笨鹅没什么两样的时候，我消失在了黑夜中，黑夜一向是我的朋友。

我在轮渡和豪宅找到了一些零工，学会了说

五门语言，在接下来的三年里再未见过那座命运之城。可在那之后，我就在冲动下上了一艘回家的船，想要拿回我的心。我真不该冒险回到那座越来越小的城市。他很快发现了我，而他盛怒未消，恨我偷了他的东西，恨我离开了他，虽然他身边又有了新的女人。

他有个很有城府的朋友，这人建议我们俩靠赌局解决争端。玩纸牌，如果我赢了，来去随我，路费他出；如果我输了，除去侵犯或杀害我以外，我的丈夫可以随心所欲地处置我。

我有的选吗？

当时我以为是我牌技不行，但后来偶然发现那套牌是早就定好的，那场赌局从一开始就被操纵了。我跟你讲过，我丈夫不是傻子。

害我出错的是红桃杰克。

输了之后，我以为他会强迫我回家，这番闹剧也就此完结。没想到他让我等了三天，然后捎信过来让我去见他。

我到的时候，他和他的朋友在一起，身旁还有一位高级军官，我后来才知道那军官是法国人，人称穆拉特将军。

我当时穿着女装，那军官上下打量我一番后，叫我穿回我惯常的装束。他满眼惊喜，然后转过身去，掏出一个大袋子，放在他和我丈夫之间。

"按之前谈好的价格。"他说。

我的丈夫颤抖着手指点了钱。

他把我卖了。

我得加入军队，成为军官们的玩物。

穆拉特说，这可是无上的光荣。

他们没有给我足够的时间找回我的心，我只来得及收拾行李，不过这样也好，那种地方不适合带上心。

她沉默了。帕特里克和我一言未发，不知道该说什么，只找东西盖了盖我们快被烫坏的脚。她再度打破了沉默。

"把那瓶烈酒拿过来，一个故事值得一份奖赏。"

她看起来轻松了，讲述中笼罩在她脸上的阴影消失了，可我的阴影才刚刚开始。

她永远不会爱上我的。

我遇到她时已经太晚了。

我想听她多讲讲那座变化莫测的水城，想看她的眼睛因某种热爱的东西而亮起，即便那不是朝向我的爱。可她已经铺开皮草准备睡觉了。我小心翼翼地把手放在她的脸庞上，她笑了，她懂我的心思。

"等我们渡过这一关，我就带你去那座充满伪装的城市，你会找到适合你的伪装。"

再来一层伪装吗。这身军装中的本就不是我自己。

我想回家。

那天晚上，当我们睡着的时候，雪开始落下。早上，门推不开了，帕特里克推不开，我推不开，我们三个人一起使劲也推不开。我们只能把木门从裂了的地方撞开，因为我身材瘦小，我便头一个把脸扎到了比一人还高的雪堆里去。

我一捧一捧地把雪舀开，那种致命的物质让人着迷，真想就那样一头栽进雪中，再也不出来了。雪看起来并不冷，它看起来仿佛没有温度。雪落下的时候，一片一片的虚无飘进你掌心，实在看不出它能伤害到谁。难以想象，简单的积累就能有如此大的威力。

谁说不是呢。就连拿破仑都开始意识到数量的重要性。在这个辽阔的国家，不管是面积、人力还是雪花，都超出了我们的负荷。

我摘掉手套以保持干燥，眼睁睁地看着我的手从红变白，然后变成美丽的海蓝色。手背上的血管几乎变成紫色，像海葵的色泽。我感觉我的肺在一点点冻结。

在家里的农场，午夜的霜能点亮大地，冻结繁星。那里的寒冷抽在脸上像鞭子一样，但再怎么冷你也不会感觉自己从体内开始结冰。在这里，吸入的每一口气都扯着你的血管，把它变成冰冻的湖面。我每一次呼吸都感觉像在对自己的身体进行防腐。

我花了大半个早上清理门口的积雪。走的时候我们带着火药和少得可怜的食物，继续沿着通向波兰或拿破仑称之为华沙公国的道路前进。我们计划沿着边境走，穿过奥地利，越过多瑙河，去往威尼斯——如果港口封了，就去的里雅斯特。全程大概一千三百英里。

维拉内拉擅长使用地图和罗盘，她说这是和将军们睡觉的好处之一。

雪太厚了，行进比之前缓慢。如果不是绕了远路，去了一片离驻军点很远的房子，我们可能出发不到两周就会丢掉性命。当我们看见远方有白烟升起时，以为又是一场荒凉的牺牲，可帕特里克发誓他看见的是完好的屋顶，不是焚毁的残骸，我们只能相信这不是恶灵在引诱我们。如果那是一个被焚毁的村庄，军队就离我们不远了。

维拉内拉建议我们假扮波兰人，我们照做了。她波兰语说得跟俄语一样溜。她向那些戒备的村民解释，我们是被法国人抓去干活的，我们杀了看守才得以逃脱，穿法国军装也是为了躲避追捕。那些俄国农民听说我们杀了法国人，全都满脸喜悦，急忙请我们进屋，要给我们吃的和住处。通过维拉内拉的翻译，我们得知这个国家已经被烧得剩不了什么了，无数村庄被彻底焚毁。这座村庄的房子之所以能逃过一劫，一来是位置太过偏远，更主要的，是俄国的一位高级军官爱上了牧羊人的女儿。一次邂逅点燃了他的心。他答应放过这个村子，重新规划行军路线。所以法军跟上来时，走的也是另一条路。

　　看来，即使在战争和零度的冬天里，爱依然能够存活。款待我们的那家人说，爱就像雪中的覆盆子。他告诉我们，这种植物虽然脆弱，却总能在二月如期萌发——不管天气怎样，不管环境如何。谁也说不清原因，当松树的根都已经枯萎，耐寒的绵羊都进了室内，这些本该在温室里的家伙反倒活了下来。

牧羊人的女儿成了村子里的名人。

维拉内拉假装和我是夫妻，主人家便安排我们睡了一张床，可怜的帕特里克得和他们的儿子——一个和善的白痴——一起睡。第二天一早我们听见帕特里克在阁楼上尖叫，原来他被主人家的儿子摁在了床上，那孩子的体格赶得上一头牛了。那个男孩有一支木笛，他一边吹着小曲，帕特里克一边在下面哼唧。我们搬不动他，只好等他妈妈赶来，拿衣服抽了他一顿，男孩才哭号着跑进了雪里。过了一会儿，他又回来，靠在母亲脚边，眼睛睁得大大的。

"他是个好孩子。"她对维拉内拉说。

按女主人的说法，她儿子出生的时候，家里来了一个精灵。精灵说，才智或力量，可以选一样送给这个孩子。我们的女主人耸耸肩，在这种地方，有羊要养，有树要砍，要才智有什么用呢？他们谢过精灵，选择了力量。于是他们的儿子——虽然现在只有十四岁——已经能抬起五个人，扛头奶牛就跟扛只绵羊一样。他的饭直接用桶装，因为没有那么大的盘子能满足他的胃口。于是吃饭的时候，我们三个端着碗，农民和他妻子拿着硬面包，桌子那头，他们的儿子坐在窗前，大勺子在桶里不停地舀着。

"他会结婚吗？"维拉内拉问。

"当然会，"农民对这个问题很吃惊，"哪个女人不想要强壮的男人当丈夫。到时候我们会给他找个合适的。"

晚上我躺在维拉内拉身边，听着她的呼吸。她蜷着身体背对着我，没有丝毫亲近的表示。等确信她睡着了，我才敢碰她。我的手沿着她的脊背往上抚摸，想知道是不是所有的女人都这样柔软又坚实。一天晚上，她突然转过身来，让我和她做爱。

"我不知道该怎么做。"

"那么让我来做吧。"

当我想起那个夜晚，想起那个我将永远存在的地方，我的手就会颤抖，肌肉就会疼痛。我失去了对白天和黑夜的感知，失去了对我所做之事的意识，我只想把这个故事写下来，尽量剔除想象的部分，告诉你真实的情况。我有时会不小心想起那一刻，看着眼前的文字，泪眼模糊，笔停在空中，我可以这样思索好几个小时，但我所想的都是那一刻——她俯身过来，秀发落在我的脸上、我的胸上，红色的秀发中透着一缕缕金色，我透过头发望着她。她就这样让头发落在我身上，我感觉好安全，就像躺在长长的草丛中。

我们离开的时候，主人家在地图上为我们画好了几条捷径，还给我们拿了好多食物。我感觉很惭愧，要不是维拉内拉，他们本该杀了我们。

不论走到哪里，我们都能碰见憎恨法国人的

男男女女。他们的未来就这样被敲定。他们不是思维复杂的人，他们生长在大地上，尊重传统，崇敬上帝，从不贪求。尽管他们的生活没有发生很大的变化，但他们会因为领袖被轻慢而感到折辱，他们感觉生活失去了控制，于是痛恨军队和波拿巴扶植起来的傀儡皇帝。波拿巴常说他知道什么是对人民好的，知道怎样改善生活、教化民众。他也这么做了，不管到哪都下令改进，但他总是忘记，即便最简单的头脑也想要能犯错的自由。

波拿巴不允许犯错。

到了波兰，我们就假装自己是意大利人，同为被占领的民族，很容易获得同情。当维拉内拉透露她来自威尼斯时，大家都捂住了嘴，虔诚的女人在身上画起十字。威尼斯，撒旦之城，果真如此吗？原本最不屑一顾的人也聚拢过来，问威尼斯是不是真有一万一千个妓女，而且个个比国王还富有。

维拉内拉本来就喜欢讲故事，此刻更是为他们编织起最狂野的梦境。她甚至说船夫的脚上都有蹼，我和帕特里克险些笑出声来，谁知那些波兰人都睁大了眼睛，有一个甚至不惜冒着被逐出教会的风险，说也许耶稣能在水上行走就是因为出生时遇到了同样的状况。

我们继续跋涉，路上听说了伟大军团的消息。好几千人丢了性命，徒劳无功，我都听厌了。波拿巴说士兵们只要在巴黎和女人过上一夜便能满血复活。也许吧，但婴儿长成大人，需要十七年。

就连法国人自己也疲惫了。即使是胸无大志的妇女也知道生儿子是打仗的命，生女儿是为了当母亲，再生更多的儿子去送死。我们都累了。塔列朗写信给沙皇，说："法国人是文明人，但他们的领袖未必……"

我们也谈不上多文明，在很长一段时间里，我们想要的就是他想要的。我们想要荣耀，想要征服，想要奴隶，想要赞誉。他的欲望比我们的燃烧得更久，因为他不太可能为此付出生命的代价。他的珍宝可以一直藏在暗门后面，可我们呢，我们只有贱命一条，我们从一开始就赌上了所有。

他看到了我们的感受。

他反思着我们的失败。

我们垂死挣扎的时候，他支起帐篷，摆上食物。

他要建立一个帝国。我们是为命在搏。

不存在什么有限度的胜利。一场征服无可避免地会带来第二场征服，因为要保护胜利的果实。一路打来，没有人是法国的朋友，只有被击垮的敌人。所谓敌人，都和你我一样，有着相同的恐惧和希望，无法用善恶区分。我的职责是去寻找怪物和魔鬼，而我只找到了普通的人。

但普通人也在寻找魔鬼。奥地利人尤其瞧不上法国人，觉得法国人野蛮。他们以为我们是意大利人，所以我们犯的错他们都能原谅，所以在他们眼里我们处处比法国人强。但如果我脱掉伪装呢？我会变成他们心中的恶魔吗？我担心他们闻出我身上的味道，怕他们对波拿巴身上的气味异常敏感，那样的话我马上就会暴露。不过他们似乎认可了我们装成的新身份。多么讽刺啊，对敌人恨之入骨，却只在最明白的场合才能认出敌人来。

　　我们快到多瑙河时，帕特里克开始变得奇怪。我们已经走了两个多月，此刻置身于一个四周是松树林的山谷中。我们像蚂蚁一样被困在绿色的牢笼底部。现在情况好多了，雪地已被我们抛在身后，天气也不再那么冷。我们兴致很高，再过两周应该就能到意大利了。自从出了莫斯科，帕特里克就开始唱歌。尽是些令人费解、没有调子的歌，但我们已经习惯了这些声音，就伴着它们前行。结果这一两天他突然不唱了，不怎么吃东西，也不愿意说话。那天晚上，我们在山谷里围着火堆坐着，他突然说起爱尔兰，说他多么想回家。他在想能不能说服主教再给他一个教区。他其实挺喜欢当神父的："不光是因为可以接触女孩子，虽然确实有这点优势，我承认。"

　　他说无论你信不信，这合乎情理，人去教堂祷告，想想那些既不是亲友也不是仇敌的人，这总归是有意义的。

我说这是虚伪，他说多米诺对我的评价是对的，我骨子里是个清教徒，不理解软弱、混乱和简单的人性。

他的话让我很受伤，但我想他说得对，这确实是我的一个缺陷。

维拉内拉给我们讲了威尼斯的教堂，里面到处画着天使、魔鬼、小偷、荡妇和动物。帕特里克眼睛亮了，琢磨着先去威尼斯碰碰运气。

半夜我被他吵醒。他在胡言乱语。我想让他冷静下来，但他的力气太大了，我和维拉内拉都怕被他的拳打脚踢误伤。明明很冷，他却在冒汗，嘴唇上还有血。我们把所有的毯子都盖在了他身上，我走到我依旧害怕的黑夜中，找木柴生火。我们把火烧得旺旺的，可他还是无法暖和起来。他一边流汗一边发抖，嘴里喊着他快要冻死了，说魔鬼钻进了他的肺里，在朝他吐着诅咒的气息。

天快亮的时候，他死了。

我们没有铲子，无法挖开那黑色的泥土，只好一前一后抬着他，把他抬到松树林边，用枝叶和蕨草将他埋葬，就像埋葬一只等待夏天的刺猬。

接着我们开始担忧。夺走他生命的东西，我们是否已经染上？尽管天气恶劣，我们又着急赶路，我们还是去河边洗了个澡，把衣服也洗了，然后颤抖着在午后微弱的阳光下生火取暖。维拉内拉很忧虑，她说起哮病，当时我不知道威尼斯的这种疾病，可现在每年十一月它都会让我中招。

把帕特里克留在身后的同时，我们也把我们的乐观留在了身后。

曾经我们相信一定能走完这趟旅程，现在看来似乎悬了。既然死亡能带走一人，为何不能带走三人？我们努力开着玩笑，回想他被那个像牛一样的男孩压在身下时的表情，回想他不着边际的千里眼。他曾说他看见过圣母骑着一只镀金的驴子巡视天庭。他总能看见这样那样的事物，究竟是什么不重要，怎么看见的也不重要，重要的是他看见了，以及他讲给我们的故事。故事是我们唯一拥有的东西。

　　他曾给我们讲过他最初发现这个特异功能的故事。那是在爱尔兰科克郡的一个炎热的早晨，教堂敞着门，这样凉快些，也能散散汗味——在田里劳作六天，积攒下来的汗味是洗都洗不掉的。帕特里克正在布道，讲的是地狱和肉欲之苦。他双眼扫视着会众，或者说是他的右眼在扫视，而左眼却聚焦在了三块田地以外的一对正在通奸的教徒身上，就在上帝的天堂之下，他们各自的伴侣还跪在教堂内。

　　布道结束后，帕特里克困惑不解。他到底是看见了真实的场景，还是像圣杰罗姆一样，产生了欲望的幻象？那天下午，他散步到那户人家，聊了几句之后，他从他们愧疚的神色判断，他们的确干了那件事。

教区里有一个非常虔诚、胸部高耸的女人，帕特里克发现，他站在自己家里就能看见她的卧室，根本不需要望远镜。他也确实会时不时看一眼，只是为了确认她没有陷入罪恶。他心想，主赐予他这个能力，肯定有其正义的目的。

他不也赐予参孙力量了吗？

"而参孙也喜欢女人。"

他现在能看到我们吗？在圣母玛利亚身旁的他，能看见下面的我们正一边走一边想着他吗？也许现在他两只眼睛都能望远了。虽说我不相信有天堂，但我还是希望他在天堂。

我希望他能看着我们回家。

我的好多朋友都死了。我们五个人曾对着红色的牛棚和我们接生的牛犊放声大笑，现在只剩一个了。而那些我这些年来结识并习惯了其存在的人，要么受了重伤，要么在某次战役中被记为失踪。参军的人需要避免建立过多联系。我见过炮弹把石匠炸成两半，我和他关系好，想把他分成了两半的遗体拖下战场，可等我再回来找他的腿时，那腿早已与其他人的腿堆在一起了。还有一个木匠，因为在枪托上雕了一只兔子而被枪决。

未经沙场，便以为战死沙场有多光荣。可对流血受伤、冲锋陷阵、拼死肉搏的战士来说，死就是死，无所谓意义。奇怪的是我们总是会回去。伟大军团招来的兵多到训练不过来，鲜有人当逃兵，起码到目前为止是这样。拿破仑说战争刻在了我们的血液里。

果真如此吗？

如果真是这样，那战争就没有尽头。现在不会结束，以后也不会。当我们高喊着"和平！"飞奔回家，与心上人团聚，与土地重逢时，我们并不是真的在和平之中，而是暂时从即将到来的战争中获得喘息。战争盘踞在未来。被划掉的未来。

我们的血液里不可能刻着战争。

热爱葡萄和阳光的民族，怎么会为了一个男人，死在零度的冬天？

我又为何要这样？因为我爱他。他是我的激情，当我们跟着他来到战场，便感觉自己摆脱了平庸。

维拉内拉怎么想？

男人都暴力，说白了就这么简单。

和维拉内拉在一起，就像把眼睛贴近一个色彩斑斓的万花筒。她是由最纯真的颜色组成的，虽然她比我更了解人心的暧昧之处，但她的理智并不含糊。

"我来自迷宫之城，"她说，"但如果你问我方向，我会告诉你径直往前。"

我们现在在意大利，她的计划是乘船去威尼斯，我先住在她家，等安全了再返回法国。作为报答，我得帮她一个忙——帮她拿回她的心。

"我的心还在我的爱人那里。我把心留在了那里。我想让你帮我拿回来。"

我答应帮她，但我也提了我的困惑：为什么她从不脱掉靴子？在俄国农民家也不脱，上床也不脱？

她放声大笑，把头发捋到脑后。她的眼睛很亮，眉间有两道深深的皱纹。我想，她是我见过的最美的女人。

"告诉你呀，我父亲是船夫，船夫从不脱靴。"她也只会说这些，我已下定决心，等到了她那神奇的家乡，再去探究船夫和靴子的秘密。

我们很幸运，一路天气都不错。海面平静，波光粼粼，似乎战争和冬天已是好几年前的事，是属于别人的过去。于是，就这样，一八一三年五月，我第一次见到了威尼斯。

要到威尼斯，只能走海路。从海上看威尼斯，它就像一座凭空而起的城市在风中飘摇。晨光的伎俩让建筑如有微光，仿佛从不静止。整座城市的线条一点道理也不讲，东一笔西一画，就像发酵的面团，形状全凭自己发挥。这里没有任何前站，没有专供小船停泊的港口，前一刻你还在潟湖里下锚，不多时就到了圣马可广场。我看见维拉内拉脸上写满了回家的迫切。上至穹顶，下至野猫，家乡的种种她无不看在眼里。她露出欣喜之色，向它们传递着一种无声的信息：她回来了。我嫉妒她，因为我仍是个流亡者。

我们终于登陆，她牵着我的手，带我穿过迷宫，经过一座叫"拳头桥"的桥，甚至还有叫"盥洗运河"的河段，最后抵达一条安静的水道。

"这是我家的后门，"她说，"正门在运河里。"

他们把正门开在水里？

她母亲和继父见我们回来，欣喜若狂——在我的想象中，只有回头的浪子才有这样的待遇。他们搬来椅子坐在我们身边，我们彼此膝头相碰，她母亲不停起身，端蛋糕和倒酒。我们每讲一个故事，她继父就拍着我的背"啧啧"称奇，她母亲则双手合十，向圣母玛利亚祷告："感恩垂怜，让你们平安归来。"

他们一点也不介意我法国人的身份。"不是每个法国人都是拿破仑·波拿巴。"她继父说，"法国人中我也见过好的，虽然维拉内拉的丈夫不是个好人。"

我震惊地望向她。她从没提过她肥腻的丈夫是法国人。我以为她法语说得这么好，是在法国军官中混迹多年的缘故。

她耸耸肩，她不想做解释时总做这个动作。她问起丈夫的去向。

"他时不时会来，和以前一样，你躲着就行。"

得把我们两个因不同原因而逃亡的人都藏起来，这事让夫妻俩非常兴奋。

"我嫁给船夫之后，"她母亲说，"成天各种状况，船夫还特别排外。后来再嫁面包师，"她拧了拧他的脸，"他们干他们的，我干我的。"她眯起眼睛，凑到我眼前，我能闻见她吃过的早餐。"亨利，有些故事我可以讲给你听，保证你汗毛都竖起来。"然后她重重地拍拍我的膝盖，让我从椅子上跌了下去。

"让小伙子歇歇吧，"她丈夫说，"他可是从莫斯科一路走回来的。"

"我的天，"她惊呼，"我怎么舍得？"她又塞给我一块蛋糕。

又是蛋糕又是酒，我吃得头晕目眩，快累趴下了。她还带我参观了一遍她们家，特意给我介绍了护栏上的一面镜子，角度刚好能看见水门外的来客。

"我们不会从早到晚都在，你开门之前一定要看清楚是谁。另外我觉得你最好把胡子刮了，威尼斯人不留胡子，你这样太显眼了。"

我谢过她后，睡了两天两夜。

第三天我醒来的时候，房里很安静，护窗板关得死死的，一丝光都透不进来。我推开窗，让橙黄的日光照在我脸上，又散成矛头般的光影落在地板上。光束中能看见尘土飞舞。房间屋顶很矮，地面也不平，墙上有的地方掉了色，应该是挂过画。屋里有一个洗脸架，还有一罐水，水太冰了。经历了那么多寒冷，好不容易到了温暖的地方，现在的我只愿意把手指伸进去，沾点水擦擦眼睛，洗掉睡意也就罢了。屋里也有一面镜子，在木质的旋转支架上，可以照出整个人来。镜子有些地方磨损了，但我还是能看见自己，骨瘦如柴的身躯上顶着一颗大脑袋，胡子乱长，像个恶棍。他们说得没错，我得刮了胡子再出门。窗外是运河，船只来来往往，世界忙忙碌碌。运蔬菜的船；运乘客的船；带遮篷的船里坐着贵妇；还有的船，船头翘起，船身像刀尖一样锋利。这种船最为奇特，因为船夫是站着划桨的。我目之所及，运河上每隔一段就有色彩鲜艳的水位标尺，有的标尺常受船头碰撞，还有一些的金色顶部已经在日晒中脱落了。

我把用完的脏水和刮掉的胡子统统倒进了水里，希望我的过去也能永远沉入水底。

我从开始就迷失了。波拿巴走到哪里，哪里的路就变得笔直，建筑变得合理，街道的名称可能会换，为了纪念一场胜仗，但总归标得明明白白。在这里，他们要么连名字都懒得起，要么一个名字用好几遍。哪怕是波拿巴，也没能让威尼斯规整起来。

这是一座疯子的城市。

到处都能看见教堂，有时候，好像明明是同一个广场，教堂却变了样。可能在这里，教堂都跟蘑菇似的，会和太阳一起冒出头来，又随着夕阳消失不见。也许是威尼斯人一夜之间建起来的？他们火力全开的时候，一天就能造一艘配置完备的大帆船，又怎会造不出配置完备的教堂呢？整座城市唯一有道理的地方是公共花园。即便在那儿，起雾的晚上，也会有四座阴森森的教堂拔地而起，淹没整片松树的军团。

接下来的五天我都没有回到面包师的家中。一来是找不到路，二来是觉得对这里的人们讲法语有点难为情。我像搜救犬一样闻来闻去，寻找空气中的线索以将我引向卖面包的摊位，可找到的只有教堂。

后来，我拐过一个街角，我发誓那个街角我拐过一百遍了，偏偏这次看见维拉内拉在船上编头发。

"我们以为你回法国去了，"她说，"妈妈的心都碎了，她想让你当她儿子。"

"我需要一张地图。"

"地图没用。这座城市是活的。什么都会变。"

"维拉内拉，城市不会变。"

"亨利，城市会变。"

她让我上船，并承诺途中会给我吃的东西。

"我带你转一圈，这样你就不会迷路了。"

船上散发着尿和卷心菜的味道，我问她船是谁的。她说是一个养熊的男人的，也是她的追求者。我已经学会不追问了，因为问出来的答案不论真假，通常都会让人不舒服。

我们划着船来到阳光照不到的地方，穿过冰冷的隧道，我冻得牙齿都在打战。旁边是潮湿的工人驳船，船上载着无名的货物。

"这座城市将自己层层包裹。运河牵连着运河，小巷交织着小巷。哪怕你在这儿生活一辈子，你也分辨不清哪条是哪条。哪怕你已经认得那些广场，能从里亚托桥走到犹太区，再来到潟湖，也依然有你永远发现不了的地方，或者说等你发现了那个地方，你可能再也找不到圣马可广场了。因此出门一定要把时间留够，随时准备好变道，见什么路就走什么路，遇上什么事就做什么事。"

我们划船的路线似乎是个 8 字形，绕着绕着又回来了。我暗示维拉内拉是故意捣鬼，根本没打算让我认路，她笑说她走的是只有船夫能记住的一条古老路线。

"腹地城区是在任何地图上都找不到的。"

我们穿过被洗劫一空的宫殿,窗帘飘在窗外。残破的阳台上,偶然闪过纤瘦的身影。

"他们是流亡者,被法国人驱逐出来的。他们已经死了,但他们没有消失。"

我们路过一群孩子,他们脸上写满了老成和恶毒。

"我要带你去看看我的朋友。"

她拐入的水道上漂满了垃圾,还有翻着粉色肚皮的老鼠。有一段水道太窄,容不了船只通过,她就推着墙壁前行,船桨划过经年的油脂。不可能有人住在这里。

"现在是什么时候?"

维拉内拉笑道:"是访客时间。我带了个朋友。"

她把船划到一个臭烘烘的隐蔽处,有个女人蹲在摇摇晃晃的浮木箱边缘,她形容枯槁,衣着邋遢,头发油亮,上面的霉菌泛着微光。她不似人形，更像来自阴间的鬼魅。她的衣料层叠厚重，已经无所谓颜色款式了。她的一只手上只有三根手指。

"我刚回来，"维拉内拉说，"之前离开了很久，可以后不会走了。这是亨利。"

那个老家伙依旧望着维拉内拉。她说话了。"如你所言，你离开过。你不在的时候，我找过你，有时我看见你的魂魄飘到这里来。你有过危险，日后也不太平，但你不会走了。起码这一世不会。"

我们围坐在透不进光的地方。水道两边的建筑像拱门一样在我们头上合拢。两边离得太近，屋顶都快接上了。难道我们在下水道里？"我给你带鱼来了。"维拉内拉拿出一只袋子，老妇人闻了闻，塞到了裙底，然后转向我。

"小心旧敌披新装。"

"她是谁？"我们安全离开之后，我立马问道。

维拉内拉耸耸肩，我知道又得不到正经的回答了。"她是个流亡者。她以前住那儿。"她指着一栋废弃的建筑，双重水门已经沉到水下，水没入底层的房间。上层的房间是储物用的，一只滑轮挂在窗外。

"她住在那里的时候，据说屋内的灯彻夜不熄，酒窖里藏着稀世美酒，多喝一杯都会夺人性命。她做海运生意，船只带来的货物让她跻身威尼斯最富有的女人之列。旁人提及她时无不带着尊敬，说到她丈夫则只说'那个贵妇的老公'。可当波拿巴看上她的财富，她便一无所有了，据说约瑟芬接手了她的珠宝。"

"天底下大多数珠宝都落到了约瑟芬手里。"我说。

我们划着船，离开了这个隐秘的地方，进入阳光照耀的广场和宽阔的运河——可容八九条船并行无碍，还有游客的小船穿梭其间。"这是他们今年最忙的时候。如果你留到八月，可以看波拿巴的生日庆典。不过那时候他可能已经死了。要是那样的话，你可千万要留下看我们庆祝他的葬礼。"

她把船停在了一栋有六层楼高的居民楼下，这是一片高档区域，运河干净又美观。

"那栋房子里有我的心脏。你悄悄进去，亨利，帮我拿回来。"

她疯了吗？我们之前说的不是比喻吗？她的心当然在她身体内，和我一样。我正要跟她讲清楚，她抓着我的手放在胸前。

"你自己感受。"

我老老实实地上下搜寻，确实没有。我把耳朵贴在她胸前，安静地蹲在船舱里。路过的船夫朝我们抛来了然的微笑。

什么也听不见。

"维拉内拉，没有心你就死了。"

"和你一起生活的那些士兵，你觉得他们有心吗？你觉得我那个肥丈夫，他的膘油里裹着心吗？"这回轮到我耸肩了："这只是一种修辞，你知道的。"

"我知道，但我跟你讲过了，这是座不寻常的城市，我们行事与别处不同。"

"你要我进那栋楼里找你的心？"

"没错。"

简直是异想天开。

"亨利，你离开莫斯科的时候，多米诺给过你一个冰凌，里面有一小块金子。你知道它现在在哪儿吗？"

我说我不知道，可能是放包里化掉了，然后金子就不见了。没能保管好它，我很惭愧。帕特里克死之后，有好长一阵我都无法照料自己心爱的东西。

"在我这儿。"

"你有那个金子？"我惊讶之余，松了一口气。原来被她捡到了，这样我就没有真正失去多米诺。

"我有整个冰凌。"她伸手从包里将它拿出来，跟多米诺送别我那天从帐篷上摘下来时一样冰，一样硬。我掐在手里。船起起伏伏，海鸥一如既往地飞翔。我望着她，眼里充满疑惑，可她只耸耸肩，望向那栋房子。"就今晚，亨利，今晚他们会去凤凰剧院。到时我带你过来，我在外面等你。我不敢进去，我怕进去之后自己就再也出不来了。"

她从我手上拿回冰凌。"等你拿回我的心脏，我就把你的奇迹给你。"

"我爱你。"我说。

"你是我的兄弟。"她说。我们划船离开了。

我们一起吃了晚饭，我、她，还有她父母，他们不断追问我的家是什么样。

"我的家乡是一座被群山环绕的村庄，放眼望去都是绿色，山上长满了蒲公英。村庄旁边有一条河，年年冬天河水都会淹没河岸，夏天又满是淤泥。我们的生计全靠这条河和天上的太阳。我的家乡没有街道，没有广场，只有一栋栋小房子，通常一层楼高，中间的小路也不是用手设计出来的，而是用脚踩出来的。我们没有教堂，只有谷仓，冬天就跟干草挤在一起。我们根本不知道什么革命。和你们一样，革命让我们措手不及。我们整日想的是手上的木头和田里的庄稼，此外时不时也会想到上帝。我母亲很虔诚，父亲说她去世的时候，双臂伸向圣母，脸上闪耀着发自内心的光芒。她是意外去世的，一匹马摔在她身上，砸断了她的髋骨，我们没有治疗这种伤病的药，只有治肠绞痛和疯癫的药。那是两年前的事了。我父亲现在还在耕地，还会去抓破坏田地的鼹鼠。可以的话，我要在丰收时赶回家帮忙。那里是我的归宿。"

"那你的头脑怎么办，亨利？"维拉内拉半带讽刺地问道，"像你这样的男人，受过牧师的教导，走过世界，上过战场。再回去和那些牲畜待在一起，你还怎么思考？"

我耸耸肩："头脑有什么用？"

"你可以在这里挣前程，"她父亲说，"这里有的是机会给年轻人。"

"你就待在我们家吧。"她母亲说。

可她什么也没说。我不能留下来做她的兄弟，因为我的内心嘶吼着要爱她。

"你知道吗，"她母亲抓着我的手臂，"威尼斯和别的地方不一样。巴黎？我呸。"她真啐了一口，"巴黎有什么？不过是马路宽一些，商店贵一些。这里呢，这里的奥秘只有死人才知道。我告诉你，这里的船夫脚上有蹼。别笑，是真的。我嫁过船夫，所以我知道，而且我也养大了那时留下的一个儿子。"她把脚伸到半空中，用手往脚趾那边够，"每两根脚趾之间都有蹼，靠这个蹼他们就能在水上行走。"

她丈夫没像平时听到好笑的事那样敲着杯子大笑。他望着我的眼睛，露出狡黠的微笑。

"男人嘛，心态放开一点。不信你可以问维拉内拉。"

但是她双唇紧闭，没一会儿就离开了房间。

"她得重新找个丈夫，"她母亲用几近哀求的语调说，"万一那个男人离开了呢……威尼斯天天都有事故，这里又黑，水又深。多死一个人，哪有人在意呢？"

她丈夫按住她的胳膊："别逼他了。"

吃过饭，趁她父亲打着盹儿，母亲在缝衣服，维拉内拉领我上了船，在漆黑的水面悄悄摸黑向前。她这回用的不是有卷心菜和尿味的船了，而是一只贡多拉。她站在船的一边，优雅地撑着桨。她说这样更好隐藏。贡多拉船夫们常在那些豪华大宅边徘徊，希望能接到生意。我想问她从哪儿弄的船，话到嘴边又咽了下去，因为我看见了船首的标记。

这是一艘殡葬船。

夜很冷，但不黑，一轮明月把我们的影子投在水面，留下诡异的倒影。我们很快到了水门，跟她说的一样，房子里似乎空无一人。

"我怎么进去呢？"她把船系在铁环上时，我对她耳语道。

"拿着这个。"她给了我一把钥匙，钥匙扁平，没有沟壑，像狱卒的钥匙，"我留着它以为能带来好运，结果并没有。"

"我要怎么找你的心？总共有六层呢。"

"听着心跳声，多看看那些不可能的地方。如果有危险，我会模仿海鸥的叫声，你听到了就要赶紧出来。"

我离开了她，进入宽敞的门厅，正好和一个头上长角、全身鳞片的巨兽面面相觑。我轻声惊叫，原来它是个标本。我面前是一座木制楼梯，向上旋转着，消失在半空中。我决定从顶层往下找。我希望什么也找不到，但除非我把每个房间的内容讲给她听，否则她一定会逼我再来一趟。我确信这一点。

我打开的第一扇门里，除了一架古钢琴外什么也没有。

第二扇门后有十五扇彩色玻璃窗。

第三个房间没有窗户，地板上并排摆着两口棺材，棺材盖子敞开，里面铺着白绸。

第四个房间里是到顶的书架，每排架子上书都摆了两层。还有一个梯子。

第五个房间里亮着一盏灯，一张世界地图占了满满一面墙。地图上画了海里的鲸鱼和啃食陆地的各种怪物。地图上标注的道路有的消失在地底，有的又突兀地延伸到海边。四角各有一只鸬鹚，嘴里叼着正在挣扎的鱼。

第六个房间是缝纫室，架子上挂着一幅完成了大约四分之三的挂毯。挂毯上织的是一位盘腿坐在纸牌前的年轻女子。那是维拉内拉。

第七个房间是书房，书桌上摆满了日记，字迹如蛛网般细密，我看不懂。

第八个房间只有一张台球桌和一扇小门。我来到小门前，打开一看，里面是一个巨大的步入式衣橱，其中挂满了各式衣裙，散发着麝香和熏香的气息。是女人的房间。在这里我感觉不到害怕，我想把脸埋在衣服里，躺在地板上，让香气萦绕在我周围。我想起了维拉内拉，想起她的头发落在我脸上时的感觉。不知道她和这个甜蜜而充满诱惑的女人在一起时是不是有同样的感觉。房间周围放着带花纹的黑檀木盒子。我打开了其中一个，发现里面有好几个小玻璃瓶，散发着欢愉和危险的气息。每个小瓶里最多不过五滴香水，我猜大概浓度很高，价值不菲。于是我想都没想就拿了一个放进口袋里，准备离开。这时，一个声音让我停下脚步。不像是老鼠或甲虫的声音。是一种稳定的律动，像心跳。我的心停跳了一拍。我把衣服一件件扔出去，慌忙之中把鞋子和内衣也翻乱了。我跪坐在地上，再次聆听。那声音低沉而隐蔽。

我双手撑地爬到一块隔板下，发现了一个靛蓝色罐子，裹在一条丝质连衣裙里。罐子在跳动，我不敢打开。我不敢费时间琢磨它是不是珍宝，就拿起它，连同那条连衣裙一起连下两层，走进了空旷的夜里。

船上，维拉内拉弓身凝视着水面。听到我的声音，她伸手扶住我，什么也没问，只一个劲儿划船，把我们带到了潟湖的深处。等她终于停下来，她的汗水在月光下闪着微光，我把那堆东西交给了她。

她叹了口气，颤抖着双手，叫我转过身去。

我听见她打开罐子，然后是气体逸出的声音。紧接着是可怕的吞咽声和呛咳的声音。恐惧让我坐在船尾不敢妄动，她该不会正在死去吧。

安静了。她轻轻拍了拍我的背，我转过来，她又握住我的手，再度把我的手放到她胸前。

她的心在跳。

不可能。

我告诉你，她的心在跳。

她向我要回钥匙，然后把钥匙和连衣裙塞进罐子，扔到水中。她笑得那么灿烂，哪怕再怎么荒唐，也值了。她问我在里面看见什么，我给她讲了我在每个房间的所见。讲完一个她就问下一个，最后我讲到了那幅挂毯。她脸色突然变得苍白。

"你说它还没织完？"

"只织了四分之三。"

"上面是我？你确定？"

她为何如此不安？因为挂毯一旦织完，等那个女人把她的心也织进去，她就将永远成为她的囚徒。

"我不明白这一切，维拉内拉。"

"别再想了，我拿到了我的心，你也得到了你的奇迹。现在我们可以纵情享受了。"她解开头发，带我在她的红树林中划船回家。

我睡得很糟，梦里想着那个老妇人的话，"小心旧敌穿新装"。早上，维拉内拉的母亲端来鸡蛋和咖啡，夜晚便消逝了，昨夜的梦魇似乎也成了奇遇的一部分。

这是一座疯人之城。

她母亲坐在我床边，说着话，催我向维拉内拉求婚，让她恢复自由身之后就嫁给我。

"我昨晚做了个梦，"她说，"梦见了死亡。赶紧求婚吧，亨利。"

那天下午我们一起外出时，我真的求婚了，可她摇摇头。

"我给不了你我的心。"

"我不需要拥有它。"

"也许你不要，但是我得给。可你是我的兄弟。"

我告诉她母亲这事时，她母亲停下了正在烤面包的手。"你对她来说太安稳了，她喜欢疯狂的人。我老叫她冷静点，她不听。她巴不得天天都是五旬节。"

然后她嘟囔了些诡异的小岛之类的话，说责任都在自己身上。威尼斯人自言自语的时候，我从不多问，那是她们自己的事。

我开始考虑回法国。虽然一想到不能天天见她，我的心就比零度冬天还要冰冷，但我记得她说过的话，那是她和我还有帕特里克一起躺在俄国小屋里喝酒的时候，她说的话——

爱上一个得靠运气才能和你同宿同醒的人，毫无意义。

他们说这座城市容得下任何人。确实什么国籍的人在这里都有自己的地盘。这里有梦想家，有诗人，有长着脏鼻子的风景画家，还有像我这样的流浪者，碰巧来到此地，就再没有离开过。人们都在寻找某样东西，游遍陆地和七大洋，只为找到一个留下的理由。我没有寻找，因为我已找到了想要的东西，可我得不到。如果我留下，留下我的便不是希望，而是恐惧。我恐惧独自一人，恐惧与那个仅凭存在就能让我的余生不再光明的女人分离。

我说我爱上了她。这究竟是什么意思？

意思是当我再看自己的过去和未来，都会带着这种爱的眼光。就好像我之前都在用外语写下东西，现在突然能够读懂了。她不发一言，我便了然于心；她宛如天才一般，但并不知晓自己的神力。

我是个糟糕的士兵，因为我太在意接下来会发生什么。我无法在炮火中忘掉自己，无法全身心地投入冲锋与仇恨。我的思维跑在我前面，它看见尸横遍野的战场，看见那些花费多年才建起来的东西毁于旦夕。

我留下来，因为我无处可去。

我不想再做那种事了。

爱情中的人，都会在爱人面前感到无助和英勇吗？无助是因为你迟早得像只小狗一样打滚撒欢。英勇是因为你知道但凡需要，哪怕你只是拿着一把折叠刀，也能战胜巨龙。

我畅想在她臂弯中的未来，似乎不会再有黑夜，甚至没有伤风感冒。我知道这是无稽之谈，但我真的相信我们会永远幸福下去，而我们的孩子能改变世界。

我的语气，很像思乡的士兵吧……

不会的。真到了那时，她会一消失就是好几天，而我只能哭泣。她会忘了我们还有孩子，留我独自照顾他们。她会在赌场把我们的房子都输掉，而我要是把她带去法国，她一定会恨我。

这些我都知道，可我还是说服不了自己。

她绝不会忠心不贰。

她一定会不留情面地嘲笑我。

我将永远恐惧她的身体，因为她的身体蕴藏着巨大的能量。

可即便如此，一想到要离开，我的内心还是有千钧重。

痴迷。初恋。情欲。

我的激情可以解释清楚。但有一点确凿无疑：但凡她触碰的东西，总会袒露其本来面貌。

我时常想起她的身体，不是想占有她，而是想看她蜷起的睡姿。她从不静静地待着，不管是在船上还是抱着一兜卷心菜狂奔。不是因为焦虑，她只是不安分罢了。当我告诉她我多么喜欢躺在阳光下的草地上，仰望湛蓝的天空，她说："你等死了再看也来得及，让他们把棺材盖子给你敞开着就行。"

可她其实是懂天空的。我能从窗户那儿看见

她慢慢划着船，望着无瑕的天空，等待第一颗星星出现。

她决定教我划船。划的可不是普通的船，而是威尼斯的船。黎明时分，我们坐着警察用的红色贡多拉出发了。我没问她是从哪里弄来的。这些天她兴致很高，常抓起我的手放在胸前，仿佛一个病人获得了第二次生命。

"如果你还是决定回去当个牧羊人，起码我能教你一项真正的技能。等你有空了，可以造一艘船，在你跟我讲过的那条河上摇橹，然后想起我来。"

"你愿意的话，可以和我同去。"

"我不愿意。我提一大袋子鼹鼠能干吗呢？连个赌桌都没有。"

我知道会是这样，可我还是不愿亲耳听到。

我划船毫无天赋，不止一次把船几乎搞翻，让我们俩都落了水。维拉内拉抓着我的脖子，惊呼她要淹死了。"你可是在水上生活的！"我一边抗议，她一边把我往下拽，并铆足了嗓门尖叫。

"我在水上生活，又不是在水里生活！"

谁知道她居然不会游泳。

"船夫不需要游泳。船夫不会到落水那一步。我们得等身上干了再回家，不然我会被人笑死的。"

尽管她热情满满，可我还是没能学明白，到了傍晚，她夺回桨，湿着头发，告诉我明天要去赌场。

"说不定你的天赋在那儿。"

我以前从未去过赌场，去了之后发现跟几年前去妓院一样，只觉得失望。罪恶的地方只有在想象中充满罪恶的色彩，现实中往往稀松平常。没有幻想中触目惊心的红绒布，也没有女人的大长腿。而且在脑海中，这种地方永远无需代价。

"楼上还有一个鞭笞室，"她说，"可以去看看。"不必了，我会觉得无聊的。鞭笞我懂，神父朋友给我讲过好多。圣人都喜欢被鞭笞，我看过很多这样的图片，兴奋的伤痕露在外面，眼里闪着渴望。看普通人被鞭打不会有这种效果。只有神圣的肉体才那么柔软、白皙，而且总是隐藏起来，难得一见。当鞭子抽打它的时候，那就是快感出现的时刻，是藏而不露的东西终于显露出的时刻。

我让她自己去了，当我看完了冰冷的大理石、冰镇的玻璃杯和刮花了的台面，便找了个窗边的位置坐下，盯着窗外波光粼粼的运河发呆。

过去的一切都过去了。我逃脱了。这种事是能做到的。

我想起了家乡的村庄，想起了冬去春来时的盛大篝火。扔掉不再需要的东西，迎接新生活的到来。八年的军旅生涯和不适合我的胡子一起，就这样随着运河流逝了。八年追随波拿巴的日子。我看着自己的面孔映在窗户上。我长成了这样一张脸。在窗户的反射下，我看见维拉内拉靠在墙边，一个男人挡住了她的去路。她一脸平静地望着他，可她耸起的双肩告诉我她是害怕的。

他身材宽阔，站在那儿就是一片黑影，像斗牛士的斗篷。

他双腿叉开，一手撑在墙上，挡住了她的去路，另一手插在兜里。她猛地推开他，迎来的是他抽出口袋里的手啪地甩在她脸上。我听到声音，跳了起来，她则从他胳膊下钻了过去，从我身边跑下楼梯。我没空多想，只愿抢在他前面赶到她身边，可他已经追上去了。我打开窗户，跳进运河。

我从水里探出头，带了一脸的水草，然后游向船边，松开绳索；当她像猫一样跳上船时，我一边叫她赶紧划，一边想从旁边上船。她不理我，只径自往前划，我被拖在后面，像里亚托桥上的人养的温顺的海豚。

"是他，"我好不容易跌倒在她脚边时她说道，"我以为他还在外地，我的情报一向很准。"

"你丈夫？"

她啐了一口："没错，我那油腻的杂种丈夫。"

我坐起来："他还跟在后面。"

"我有办法，我可是船夫的女儿。"

她绕圈绕得我快晕了，速度也快得不行。她胳膊上的肌肉紧绷，几乎要皮开肉绽，路过有灯的地方时我看见她已青筋暴起。她大口喘着气，身上已和我一样湿透了。我们走的这条路越来越窄，后来干脆被一面白墙拦住了去路。就在我以为船要像浮木一样撞上去的时候，维拉内拉一个急转弯，把我们带进了一个滴着水的隧道入口。

"快到家了，亨利，保持镇定。"

我还是头一次从她口中听到镇定这个词。

我们在她家的水门前停下，正要系船，一只船头悄悄从后面追了上来，我望见了厨子的那张脸。

厨子。

他嘴边的肥肉动了动，表示微笑。他比我刚认识他的时候胖多了，下巴上的肥肉像死老鼠一样垂着，脑袋和肩膀都快黏在一起了。他眼睛眯成一条缝，眉毛依然很浓，像哨兵一样阴森地逼近我。他双手交叉着放在船舷上，手指头上戴着的几个戒指几乎嵌进了关节。一双红色的手。

"亨利，"他说，"很荣幸见到你。"

维拉内拉疑惑地望向我，脸上还混杂着对厨子的极度嫌恶。他看出她的纠结，故意碰她一下，她往后一缩。他说："亨利算是我的吉祥物。多亏他使的小伎俩我才离开波拿巴，去巴黎看店。我管事儿就不可能不捞油水。你高兴吗，亨利，看老朋友这么发达？"

"我不想跟你扯上关系。"我说。

他又笑了，这次我看见他的牙齿，仅剩的几颗牙齿。"怎么能这么说呢，你明显想跟我的妻子有点关系——我的妻子。"他故意一字一顿地说。接着他摆出一副我再熟悉不过的表情："没想到竟然能在这儿看见你，亨利。你不应该在军营吗？现在可不是休假时间，就算你是波拿巴的宠臣也没用。"

"与你无关。"

"确实和我无关，不过，你应该不介意我跟几个老朋友提提你吧？"

他转向维拉内拉："我还有几个朋友很想知道你的下落，他们可花了不少钱呢。不如你直接跟我走吧，这样大家都方便。"

她朝他脸上啐了口唾沫。

接下来发生的事我一直没搞清楚，尽管我有很多年的时间去回想，很多年无人打扰的平静时光。我记得她啐他的时候，他向前扑，试图吻她。我记得他张着口挨向她，手松开了船舷，身体弯曲。他的手抓向她的胸。他的口。他的口是我印象最清晰的画面。肉色的口，肉做的洞，然后是舌头，像洞里钻出来的虫子。她推开他，他在两艘船间失去平衡，往我这边倒，差点压死我。他双手擒住我的喉咙，我听见维拉内拉在尖叫，她把小刀扔给我，触手可及。威尼斯式的小刀，薄而锋利。

"刺软腹，亨利，像刺海胆一样。"

我把刀抓在手里，刺向他身侧。趁他翻身的时候，又扎向他的肚皮。我听见内脏被刺破的声音。我拔出刀，恨他这么费刀，我又刺进去，刺向他几年来攒的油水。那头肥鹅和他深红色的肉体终于倒下了。我的衬衣浸满了血。维拉内拉把他从我身上拖开，拖了一半，我便站起来，一步都没有晃。我让她帮忙把他翻过来，她照做了，眼睛盯着我。

　　等他肚皮朝上，血汩汩往外流的时候，我从衣领处扯开他的衬衫，打量他的胸脯。很白，没有毛，像圣徒的肉体。圣徒和魔鬼怎能如此相似？他的乳头和嘴唇是同一个颜色。

　　"你说他没有心，维拉内拉，我们切开看看。"

　　维拉内拉腾出手，可我已经拿我的银家伙划了一刀，真是个急迫的凶器。我找准位置，切出一个三角，把手伸进去掏，像给苹果去核。

　　他有心。

　　"你想要吗，维拉内拉？"

　　她摇了摇头，开始哭泣。我从未见她哭过，哪怕在零度冬天，哪怕是好友去世，哪怕被人当面侮辱或是事后讲起，她都没流过一滴眼泪。现在她却在哭。我把她抱在怀里，把心脏扔在我俩中间，给她讲起那个眼泪能变成珍宝的公主。

"我把你的衣服弄脏了，"我终于注意到她身上的血迹，"看我的手。"

她点点头。那个血糊糊的蓝色之物还在我们俩中间。

"我们得把这两艘船弄走，亨利。"

打斗中，我们的两支桨都弄丢了，他的船上也只剩了一支。她用双手捧着我的头，掂量了一下，然后紧紧抱在胸前。"坐好，你做了你能做的，接下来看我的吧。"

我坐着，头垂在膝上，眼睛盯着淌满血的船底。我的脚踩在血泊里。

厨子脸朝上，眼睛望着上帝。

我们的船在动。我看见他的船在前面滑行，我们的船系在后面，就像孩子把小船拴在池塘里那样。

船在动。怎么会这样？

我抬起头，膝盖依然蜷着，我看见维拉内拉背朝着我，肩上扛着一根绳子，她拖着我们的船，在运河上行走。

她的靴子整齐地摆在船上，头发披散下来。

我在红树林中，她正在带我回家。

岩

岛

———

◆

The
Rock

他们说死者不会说话，静默有如坟墓。他们说得不对。死者一直在说话。就在这座岩岛上，风起时，我能听见他们的声音。

我听见波拿巴。他在岩岛上没撑太久。他发胖了，还患了感冒。那个挺过了埃及瘟疫和零度冬天的他，最终死于温和与潮湿之中。

俄军攻入巴黎，我们没把巴黎焚毁；我们弃了城，他们掳走了波拿巴，恢复了君主制。

他的心在歌唱。在寒风凛冽的岛上，在海鸥的俯视下，他的心在歌唱。他在等待时机，就像排行第三的孩子知道哥哥们再怎么算计也不敌他那样，时机到来，他便乘一队安静的小船回归，又一百天后，他遭遇了他的滑铁卢。

他们会对他做什么？那些战胜的将军和自以为是的国家？

一朝赢，一朝输，一朝一朝不停赌。

每一场赌博结局都是落寞。你以为会百感交集时，其实什么感觉也没有；你原本看重的，此刻已不重要。真正刺激的是赌的过程。

要是你赢了呢？

哪有什么有限度的胜利。你若赢了就得守住，就得认真对待。

赢家厌倦了胜利就会输。输了也许会后悔，但那种拿珍宝来冒险的冲动太强烈。那种冲动让人无所顾忌，想要赤足而行，就像从未拥有过鞋子那样。

他不睡觉，他患了溃疡，他和约瑟芬离了婚，娶了一个自私的泼妇（虽然这是他应得的）。他需要一个王朝来保卫他的帝国。他没有朋友。他每次做爱只需三分钟，后来干脆连剑带都懒得解开。

整个欧洲都恨他。法国人也早已厌倦连年不断的征战。

他曾是世界上最有权力的男人。

头一次从岛上回来，他感觉自己又回到了少年时代。再度成为英雄，且再没有什么可失去了。一个身上只有一套衣服的救世主。

当他们第二次赢了他，赢得轻而易举，他们给他挑了一座更阴暗的岩岛，潮汐猛烈，岛上的人冷酷无情，他们是在活埋他。

第三次反法同盟，温和派联合起来，对抗这个疯子。

我恨他，不过那些人也不是什么好人。站在哪边又有何干，终归是死人无数。

三个疯子打一个疯子，人多者胜，无关道义。

风起时，我听见他在哭泣。他来到我面前，手上还沾着最后一顿晚餐的油污，问我爱不爱他。他神情恳切，等着我说爱。我想起那些跟他一同流放的人，一个个乘小船回了家。

他们多半带着笔记本。上面记着他的故事，他在岩岛上的感受。他们准备发笔横财，靠曝光这头陷落的猛兽。

就连他的侍者也学会了写作。

他喋喋不休地谈论过去，因为死者没有未来，他们的现在就是回忆。时光停止流逝，他们也得以永恒。

约瑟芬活着，不久前她还把天竺葵引进法国。我跟他提起这一点时，他却说他从未喜欢过花。

我在这里的房间很小。如果我躺下——虽然我尽量不会躺，原因我后面会讲——我只要伸开手脚就能触到四壁。房里有一扇窗，和这里的多数窗户不同，它没有护栏，可以完全敞开。窗户没有玻璃，我可以探出身去，望向潟湖那边，有时能看见维拉内拉在小船上。

她拿着手帕向我挥舞。

冬天，我有一个麻布做的厚窗帘，我把它叠

成两层挂在窗前，然后把底端用便桶抵在地上。只要我再把毯子盖好，保暖就还不错。不过我还是有哮病，看来我是个威尼斯人了。地上有稻草，就像在家里一样，有些日子当我醒来时，我能闻到燕麦粥的香味，稠稠的，煳煳的。我喜欢那些日子，因为那代表母亲在这里。她看着和以前一样，甚至更年轻些。因为腿上曾被马砸伤，她走起路来一瘸一拐，不过好在这里地方不大，她不用走多远。

我们早餐吃的是面包。

屋里没有床，但有两个填着稻草的大枕头。这么多年，我往里面塞满了海鸥羽毛。我睡觉的时候，一个垫在屁股下面，一个挨着墙靠在背后。这样很舒服，这样他就无法掐死我了。

我刚来的时候，不记得多少年前了，每晚他都想掐死我。那时我住在多人间，躺下之后就感到他的手掐着我的脖子，他的呼吸有呕吐的味道，我还能看见他肉粉色的大嘴，淫秽的粉色，朝我亲过来。

没过多久，他们就把我挪到了单间。我影响到别人了。

还有一个人也住单间。他似乎一直在这儿，逃跑都逃了好几次。他们带他回来的时候，他几乎被淹死，他以为自己能在水上行走。他有钱，所以他的牢房很舒适。我也可以有钱，但我不想拿她的钱。

我们把船藏在垃圾船走的臭烘烘的水道里，维拉内拉又穿上了靴子。那是我唯一一次看见她的脚，它们与我见惯的脚完全不同。她像展开扇子一样伸开脚趾，又以同样的方式将它们合上。我想摸，可我手上都是血。我们把他扔在了船上，他继续脸朝天，心脏落在身旁。一路上，维拉内拉都把我裹在怀里，安抚我，也免得我身上的血迹被人看到。有人经过时，她就把我按在墙上，疯狂地吻我，遮住我整个身子。我们就这样做爱。

她把一切都告诉了她父母，他们三人烧了热

水，给我洗了个澡，又烧掉了我身上的衣服。

"我梦见过一次死亡。"她母亲说。

"别说了。"她父亲道。

他们用羊毛毯包裹我，让我睡在炉火边她兄弟的床垫上。我睡得没心没肺，不知道维拉内拉默默守了我一夜。梦中，我听见他们说："咱们怎么办？"

"警察肯定会来。我是他妻子。我没有参与这事。"

"亨利怎么办？就算能脱罪，也逃不了法国人的身份。"

"亨利我来负责。"

听到这话我便放心睡去。

我想我们都知道自己会被捕。

后面的几天，我们放纵欢愉。我们清晨早早出门，在教堂里闹事。所谓闹事，也就是说，维拉内拉在上帝的地盘沐浴日光，心里却一点没装着上帝；我则坐在台阶上，玩圈叉连线的游戏。

我们抚摸每一块温暖的表面，从铁和木头中汲取阳光，从猫身上几百万根热烘烘的毛中汲取能量。

我们吃刚抓来的鲜鱼。她用从主教那儿借来的一艘豪华大船带我环岛航行。

第二天晚上，连绵不绝的夏雨灌入运河，河水淹没了圣马可广场。我们站在广场边上，看两个威尼斯人拿凳子当桨，一路划了过去。

"我背你。"我说。

她一脸怀疑地看着我。

"在水上行走我不行，但我可以蹚过去。"我脱下鞋让她拿着，背着她一步步穿过巨大的广场。她的腿太长，只能一直往上抬着，不然就会碰到水面。到对面时，我累坏了。

"这还是从莫斯科和我一起走回来的男孩吗？"她揶揄道。

我们手拉着手，去找晚饭吃。吃过晚饭，她向我展示了洋蓟的吃法。

欢愉和危险。危险边缘的欢愉是甜蜜的。正是因为赌博总有失去的风险，胜利才成为爱的表现。第五天，我们的心不再狂跳，对夕阳也几乎习以为常。杀人之后一直伴随我的头痛也消失了。

第六天，他们来了。

他们来得很早，运蔬菜的船还在去市场的路上，他们就来了。什么前兆也没有。来了三个人，坐在黑亮黑亮的、插着一面旗子的船上。就是过来问问，他们说，不为别的。维拉内拉知不知道她丈夫死了？我们俩急匆匆地出了赌场，后面发生了什么？

他跟上来了吗？我们看见他了吗？

看样子，维拉内拉作为法定妻子，能继承一大笔遗产，当然，前提是人不是她杀的。他们让她签了好多财产继承的文件，又领她去辨认了尸体。他们建议我不要离开房子，为了确保我听从建议，还找了一个人守在水门前，享受照在他前额上的阳光。

我真希望自己在明亮的绿色田野上，仰望明亮的湛蓝天空。

那天晚上她没有回来，第二天晚上也没有回来，男人一直守在水门前。第三天早上她回来了，身边还是那两个人，她拿眼睛警告我，但她无法说话，沉默中我也被带走了。厨子的律师是个老谋深算的驼背男人，脸上长着肉瘤，手却很漂亮，他直截了当地告诉我，他认为人是维拉内拉杀的，而我是帮凶。他问我愿不愿意签署一份声明，坐实他的推论。如果我签，他可以转过脸去，给我个机会消失。

"我们威尼斯人敏锐得很。"他说。

那维拉内拉会怎样？

厨子的遗嘱很古怪，他并不打算剥夺妻子的权利，也不想把他的财产移交给别人。他只表明，如果她因为各种原因无法继承（比如不知所踪），他愿把遗产悉数捐给教堂。

他应该是觉得再也见不到她了，不过为什么要给教堂呢？他去过教堂吗？大概是看出了我的惊讶，律师直言，他喜欢看一身红衣的唱诗班男孩。他似乎笑了笑，那是绝非出于宗教信仰的笑，随即迅速隐去了。

律师有什么图谋？我不禁想。谁拿钱与他何干？他看着不像是个有良心的人。活了这么久，我头一次感觉决定权在自己这边。我才是拿着任意牌的那个人。

"人是我杀的，"我说，"我拿刀捅的，我还把他的心脏掏了出来。要不要我画给你看我在他胸口切出的形状？"

我画在满是灰尘的窗户上。一个边缘粗糙的三角。"他的心是蓝色的。你知道心还有蓝色的吗？一点红都没有。像红树林里的一颗蓝石头。"

"你疯了，"律师说，"正常人不会那样杀人。"

"正常人也不会像他那样活着。"

226

我们俩都没说话。我听见他刺耳的呼吸，像砂纸。他双手放在给我准备的认罪书上。他指甲修剪得很好，手比纸都白。他从哪里弄来的这双手？这不可能是他自己的手。

"如果事实真是如此……"

"相信我。"

"那你待在这儿，等我弄好了再来找你。"

他站起身，锁上身后的门，就剩我自己待在他舒适的房间里。这里有香烟，有皮革，桌上放着恺撒的半身像，窗玻璃上有一颗千疮百孔的心。

傍晚，维拉内拉来了。她一个人来的，她已经在行使她的继承权了。她带了一瓶酒、家里面包店的一条面包，还有一筐生沙丁鱼。我们坐在地板上，像被叔叔不小心留在书房的孩子。

"你知道你在做什么吗？"她问。

"我讲了实话，仅此而已。"

"亨利，后面会发生什么我完全控制不了。皮耶罗（那个律师）觉得你疯了，他打算拿这个给你定罪。我收买不了他。他是我丈夫的朋友。他坚信我有罪，就算拼尽全世界的红发，散尽我的钱财，也无法阻止他伤害你。他为了恨而恨。就是有这样的人，明明什么都有——财富、权力、女人，可偏偏还不满足，还要赌更复杂的东西。对那个人来说，生活已经没有刺激可言了。太阳的升起无法照亮他的世界。他不会在陌生的城市迷失，沦落到只能开口问路。我收买不了他，诱惑不了他。他就是想要一命换一命。不是你就是我。让我来吧。"

"你没有杀他，是我杀的。我不后悔。"

"只要有机会，我会杀的，谁拿着刀子不重要。你杀他也是为了我。"

"不，我是为自己杀的。他玷污了所有的美好。"

她握住我的手。我们身上都有股鱼味。

"亨利，如果你被判精神失常，他们要么对你处以绞刑，要么把你关到圣塞韦洛岛，岛上就是疯人院。"

"你带我看过的那个吗？潟湖对面，在阳光下发亮的那个？"

她点点头，我开始琢磨再度有个稳定的居所是什么感觉。

"你会怎么做，维拉内拉？"

"拿到钱之后吗？先买个房子。我漂泊够了。然后再想办法把你救出来。当然，前提是你选择活下来。"

"我能选吗？"

"这个我可以做到。这个不归皮耶罗管，法官说了算。"

天黑了。她点燃蜡烛，让我靠在她身上。我把头贴在她胸前，听她心脏的跳动，如此有力，仿佛从未离开。我还从没这样与别人待过，除了母亲。只有她会把我揽在胸前，在我耳边轻轻念诵经文。她希望通过这样的方式让我理解经文，可我耳边只有炉火的噼啪和水烧开的呼啸声，那是她给我父亲烧的洗澡水。我听到的只有她的心跳，感觉到的只有她的柔软。

"我爱你。"那时的我说道，现在的我也这样说道。

天完全黑了，我们看着天花板上烛光留下的阴影越来越大。皮耶罗屋里有一棵棕榈树（肯定是哪个犯人贿赂他的），在天花板上映出斑驳的树影，宽大的叶子藏只老虎都不在话下。桌上的恺撒用侧影宣示着存在，我画的三角却无迹可寻。屋里有鱼腥味和蜡烛的味道。我们在地板上躺了一会儿，我说："现在你明白我为什么喜欢静静待着看天空了吧？"

"我只有不开心的时候才会静静待着。我不敢动，因为动起来时间就会加速流逝。我告诉自己，只要一动不动，担心的事就不会发生。我最后和她共度的那晚，第九夜，她睡着之后，我使劲撑着不动。我听说极北有一片寒冷的土地，那里的夜晚可以有六个月那么长。多希望发生奇迹，把我们带到那里。如果我不让时间流逝，时间会停止吗？"

那一晚我们没有做爱。我们的身体太过沉重。

我接受了审判，情况和维拉内拉预料的一样。我被判患有精神疾病，终身监禁在圣塞韦洛岛，当天下午就要动身。皮耶罗看起来很失望，但我和维拉内拉都没有多看他一眼。

"差不多一周后我就能去看你了，我会想办法把你救出去。我要把这里的人贿赂个遍。勇敢点，亨利。我们都从莫斯科走过来了，肯定也能走过这片海水。"

"你能的。"

"我们都能。"她抱住我，答应在押送船走远前一直等在潟湖。我东西不多，但特意带走了多米诺的护身符和维拉内拉的母亲给我绣的圣母像。

圣塞韦洛岛。这里过去是给有钱的疯子准备的，而波拿巴在疯狂一事上是个平等主义者，让它对公众开放，还专门设了一笔运维基金。看得出里面曾经辉煌过。有钱的疯子都喜欢舒适。里面的访客厅很大，可以让女士一边喝着茶，一边会见坐在对面穿拘束衣的儿子。岛上的看守一度身穿制服，脚蹬亮面靴。谁要是胆敢把口水滴到他们的靴子上，就等着关一星期禁闭吧。没几个人真会流口水。还有一座早已无人打理的花园，占地一英亩，假山嶙峋，花朵凋零。现在牢房分两边，一边是还在岛上的那些富有的疯子，一边是人数渐增的贫穷的疯子。维拉内拉本来想让他们把我放在富疯子那边，我得知代价之后拒绝了。

反正我也更喜欢和普通人待在一起。

英国还有个疯王，怎么没人把他关起来。

上议院开会，乔治三世开口就说："各位先生们，孔雀们。"

谁搞得懂英国人和他们的辣根①？

---

① 辣根（horseradish），一种调味品，在英语俚语中也表示"胡言乱语"。

我并不害怕和这群奇怪的人待在一起。

后来我耳畔出现声音，我才开始害怕，先是有声音，然后是那些死去的人在屋里踱步，眼神空洞地望着我。

维拉内拉头几回来的时候，我们讨论威尼斯，畅想生活，她对我很有信心。然后我对她讲起那些声音，告诉她厨子的手压在我喉咙上。

"那是你想象的，亨利。保持清醒，你很快就能出去。那些声音、人影都是不存在的。"

明明存在。石块下，窗沿边。那些声音存在，而且必须被听到。

亨利被押送船带到圣塞韦洛岛之后，我立马着手救他出来。我试着寻找把精神病患关到那里的法律依据，打听有没有医生去定期检查和评估他们的精神状况。似乎是有的，但只有对社会无害的人才能获得释放。简直荒谬，外面那些危害社会的还少吗，怎么没见谁检查检查。亨利被判的是终身监禁，靠法律途径无法释放，起码在皮耶罗说得上话的时候不能。

既然如此，就让我帮他越狱，再把他安全送回法国吧。

我头几个月去看他的时候，虽然同屋的三个人惹人讨厌，还有怪癖，但他精神状态很好，也很乐观。他说他没把他们放在心上。他说他有笔记要写，忙碌得很。或许在这之前他就已经有改变的迹象了，可是我的人生也面临突变，全身心都被另一件事占据。

我不知道自己发的什么疯，在她家对面买了一栋房子。六层，和她家一样，有高大的窗户，透入充足的阳光，甚至能照到水池。我在房子里走来走去，根本没打算添置家具。我看着她的起居室，她的客厅，她缝纫的房间；我看不见她，却看见了织着我的挂毯，年轻时候的我，走起路来像个自负的男孩。

终于看到她的那一刻，我正在阳台掸地毯。

她也看见我了。我们两人愣在那里，雕塑一般，在各自的阳台。我一松手，地毯坠入运河。

"你做我的邻居了，"她说，"那得来拜访我。"于是就这样定下，晚饭之前我去她家做客。

八年多过去了，当我再次敲开她的门，却不觉得自己是个从莫斯科徒步回来又亲眼见到丈夫受死的女继承人。我依然觉得自己是赌场那个穿着别人制服的女孩。我本能地用手捂住心口。"你长大了。"她说。

她还和以前一样，虽然她已不再处理头上的白发；我认识她的时候，她对此还非常在意。我们在椭圆餐桌前吃了饭，她与我并排坐，中间放着酒瓶。聊天并不轻松。我们一向这样，要么忙着做爱，要么担心隔墙有耳。我凭什么以为时间变了，情况就会不同呢？

她丈夫今晚去哪儿了？

他离开她了。

不是有了别的女人。他从未把别的女人放在眼里。他离开她是前不久的事，他要去寻找圣杯。他相信手上的地图是真的。他相信宝藏正等着他。

"他会回来吗？"

"也许会，也许不会。"

任意牌。变幻莫测的任意牌总是在不该出现的时候出现。要是它早点来，早个几年，我的人生会怎样？我看着自己的手掌，设想另一种人生，平行的人生。我在那个节点一分为二，一个我嫁给那个胖子，另一个我待在这里，夜夜都来这栋优雅的房子，在椭圆餐桌旁吃晚餐。

莫非正因如此，我们才会和某个陌生人一见如故？他们的生活习惯我们仿佛早已熟悉。也许生活是像折扇一样展开在我们面前的，我们只能体验其中一股，却能在偶然间感受到其他选择的存在。

遇见她的时候，我觉得她就是我的命运，这种感觉从未变过，虽说这命运从来遥不可及。尽管我把自己放逐到蛮荒之地，重新拥有了爱的能力，我却从未真的离开过她。有几次，和朋友喝咖啡的时候，在咸咸的海水旁独行的时候，我遇见过另一种生活中的自己，我触摸过、看见过，一切那么真实可感。如果我头一次见她时，她就独自一人住在这优雅的房子里呢？也许我压根就不会再感到另一种生活的存在，因为我已得到满足。

"你晚上留下来吗？"她问。

不，这一股人生里的我是不会留的。起码今晚不会。激情决不任人摆布。它不是神灯里的精灵，被放出来就实现我们三个愿望。激情只会摆布我们，且常常不以我们选择的方式。

我愤恨。人生头一遭爱上的人，至今还爱着的人，永远能让你心有不平，让你失去理智。也许你可以在别的地方安定下来，也许你也能幸福，可最终的权力依然握在那个拿走你心的人手上。

我愤恨，因为她明明想要我，也让我很想要她，却害怕承受相应的后果。这意味着在公共场合一次次短暂的碰面，意味着从别人那里偷来的一个个夜晚。激情可以为了爱人在田里劳作七年，也可以因为受骗再忍受七年的苦役，可激情高贵，绝不能长久接受他人的施舍。

情事我有很多，以后也不会断绝。可激情无法分心。

她又问了一遍："你晚上留下来吗？"

激情已然迟到，苦等的人便更难放弃。当这头久困的猛兽闯进生命，这时候的选择哪个不是火坑？他们会告别熟悉的环境，去未知的海域扬帆吗？他们会放弃生活里琐碎的日常，把老友甚至恋人一同割舍吗？简单来说，当迦南圣地就在山的那边，他们会像年轻了二十岁那般行事吗？

大概不会吧。

如果他们真要这么做，开船的时候，你可得把他们绑在桅杆上，因为海妖的歌声太过诱人，他们想到自己失去的，只怕五内俱焚。

这是一种选择。

也可以学着一心二用，就像我们那九夜。要不了多久，即便心不累，身体也会倦怠。

这是第二种选择。

第三种选择是干脆把激情拒之门外，因为正常人不会放猎豹进门，管它看起来多么温驯。别说猎豹好喂，别说你家花园够大，就算还没见过你也能想到，猎豹的胃口永远不会满足。九夜之后还会有第十夜；每一次如饥似渴的见面只会让你更加渴望下一次的到来。你的爱人就像那只猎豹，食物永远不够，花园尽可以更大。

于是你拒绝。但猎豹的幽灵会就此缠上你的家。

当激情姗姗来迟，只怕人无法承受。

再待一夜，多么诱人，多么无辜。那么我今晚可以留下吗？可多留一晚又能怎样？无济于事。我若闻着她的肌肤，感受她胴体无言的曲线，她会伸手掏走我的心脏，与掏只鸟蛋无异。我没有时间给心装上护栏。如果我向激情屈服，那么曾经脚踏实地、广为人知的生活将会消失，我只能回到阴影中度日，就像俄耳甫斯逃离的那些哀伤的亡灵。

我道过晚安，摸了摸她的手，感谢黑暗遮住了她的双眼。那一晚我没有睡。我在漆黑的街巷徘徊，从冰凉的墙壁和海水有节奏的拍打中获得慰藉。早晨，我锁上我的房门，再没去过那里。

亨利怎么样了呢？

之前说到，前几个月我觉得他变化不大。他找我要纸笔，好像专注于把他自离家起包括后来和我在一起的时间诉诸笔端。他爱我，我知道，我也爱他，但那是兄弟姊妹间的乱伦之爱。他触得到我的心，却无法通过身体把它撕碎。他偷不走它。我时常想，如果我能回应他的激情，事情是否会有不同。还没有人与他相爱过；他的心太大，他那瘦骨嶙峋的胸膛根本装不下。应该有人拿走他的心，给他平静。他过去说他爱波拿巴，我是信的。伟大不朽的波拿巴，把他裹挟到巴黎，又将手伸向英吉利海峡，让像亨利这样单纯的士兵以为英国就在他们的股掌之间。

我听说小鸭子会依赖上睁开眼时见到的第一个东西，不管对方是不是同类。亨利也是这样，他睁开眼，看到了波拿巴。

也正因如此，他才恨他恨得要命。他让他失望了。激情忍受不了失望。

还有什么比发现所爱并不值得更让人气馁呢？

亨利是个温柔的男人，我不知道是不是杀了那个胖厨子让他的心灵受了伤。从莫斯科回家的路上，他曾告诉我他在军营里待了八年，从未伤害过他人。八年征战啊，而他做的最恶劣的事，仅仅是宰了多到数不清的鸡。

但他绝非懦夫。他一遍又一遍冒着生命的危险，把战友拖离战场。帕特里克给我讲过。

亨利啊。

我已经不去看他了，但每天这个时候我都会从船上向他招手。

他说他能听见声音——他母亲的声音、厨子的声音、帕特里克的声音——我想让他明白没有声音，那是我们臆想出来的。我知道死者会呐喊，但我更知道死者巴不得有人关注，所以我鼓励他不去听，专注自己。在疯人院你一定要守住自己的理智。

后来他不给我讲这些事了，但我听看守说，他一夜一夜在尖叫中惊醒，有时甚至双手扼颈，险些把自己掐死。他的同屋不堪其扰，他便被移到单间。再后来，有了我带来的纸笔和灯，他就安静多了。那时候我还在替他争取释放，有信心能让他出来。我跟几个看守也熟了，我计划着用金钱和肉体让他们听话。我的红发最是撩人。那段日子我还会同他睡觉。他孩童一般纤细的身躯，在我身上像床单一样轻。我教会了他如何爱我，所以他爱得很好。他不知道男人该扮演什么角色，不知道如何运用他的身体，我便示范给他看。他让我愉悦，可当我看到他的脸，我知道我给他的远不止这些。感觉困扰时，我便不去想它。我早已学会及时行乐，不去深究。

发生了两件事。

我告诉他我怀孕了。

我告诉他一个月内他就能自由。

"那我们就可以结婚了。"

"不。"

我抓着他的手，向他解释我不会再进入婚姻了，况且他无法住在威尼斯，我也不会去法国。

"那孩子怎么办？我要怎么了解孩子的情况？"

"等安全了，我可以带孩子去看你，你也可以过来。我要让人毒死皮耶罗，我还没想好，但总会有办法。总之你得回家。"

他沉默了。我们做爱时，他双手压着我的喉咙，慢慢伸出舌头，像一条肉色的虫。

"我是你丈夫。"他说。

"住手，亨利。"

"我是你丈夫。"他向我靠过来，瞪着无神的眼，舌头是那样粉。

　　我推开他，他蜷在角落，开始抽泣。

　　他不让我安慰他，我们后来再没做过爱。

　　不怪我。

　　逃跑的日子到了，我飞奔去找他，两步并作一步上了台阶，和以往一样用我自己的钥匙给他开了门。

　　"亨利，你自由了，跟我来吧。"

　　他盯着我。

　　"帕特里克刚刚还在，你没赶上。"

　　"亨利，来吧，"我拉他站起来，摇着他的肩膀，"可以走了。看那窗外，是我们的船，豪华得很，我从主教那里搞来的。"

　　"离得好远。"他说。

　　"又不用你跳过去。"

　　"不用吗？"

他眼里满是疑惑："下楼梯来得及吗？他会追上来吗？"

"没人会追，我把他们都收买了。我们这就出去，你再也不用待在这儿了。"

"这是我家，我不能走。我走了妈妈怎么办？"

我放下抓着他双肩的手，托起他的下巴。

"亨利，来吧，跟我走吧。"

他不肯。

当时不肯，过会儿不肯，第二天还是不肯。后来我独自划船离开了，他没到窗边去看。

"回去找他吧，"我母亲说，"下回他就改了。"

我回去了，却只是徒劳。富人那边的看守礼貌地请我喝了杯茶，然后非常委婉地告诉我亨利不想再见我了，不见的态度非常明确。

"他到底是怎么了？"

看守耸了耸肩，威尼斯人的方式，一切尽在不言中。

我又去了好几回，他始终不肯见我。每回我都会跟那个客气的看守喝茶，他想当我的情人，未果。

很长时间后，我划船去潟湖边，不自觉地来到了他的岩岛。我看见他从窗内探出头来，我朝他挥手，他也冲我挥手，我想他也许愿意见我，可他还是不见。不见我，也不见孩子。是个女孩，蓬乱的头发像初升的太阳，脚像他。

我现在每天都划船过去，他也会冲我招手，但是寄去的信都退了回来，我知道我已经失去他了。

也许他也失掉了自己。

至于我，冬天我依然会去教堂沐浴日光，夏天则靠在温暖的墙上。女儿很聪明，小小年纪就喜欢看人掷骰子和摆牌。我不想她摸到黑桃皇后之类不好的牌，可我无能为力；等她长大，她自会抽到自己的命运，输掉自己的心。若非如此，怎么配得上这头热烈的红发？我搬出来住了。我喜欢独居，不过我每晚都有人陪，我去赌场去得越来越频繁，去会老友，去看墙上装在盒子里的一双白手。

珍贵的宝物啊。

我不再穿男装，也不穿借来的制服。偶尔一闪念，我会感受到另一种生活的存在，藏在阴影里、我没有选中的那种生活。

这是一座伪装之城。你今天是这样，并不影响你明天是那样。你可以自由探索自己，只要你有头脑或财富，就没人会挡你的路。这座城市就建立在头脑和财富之上，我们两个都爱，但只有一个也不赖。

我划着船来到潟湖，听着海鸥的叫声，思忖未来我会在哪里，比如八年之后。温柔的黑夜中藏着好奇者的未来，我只知道，我一定不会待在一处不动，这就够了。内陆的城市如此广阔，没有一张地图能够描绘。

那珍贵的宝物呢？

既然我已经把它拿回来了，也像故事里那样，拿到了让一切暂停的机会——

我还要赌吗？

当然。

我死之后，哪管洪水滔天。①

我看未必。有人将会淹死，但有人早就淹死了。

他太把自己当回事了。

真不明白男人怎么会对自己的力量如此盲目地自信。

在这座岩岛上，法国的局势与我无关。对我来说有什么区别呢？反正我在家，跟母亲和朋友们在一起。

我很高兴他们把他送到了厄尔巴岛。要是死得太快，他就成了英雄。倒不如让世人看着他身材走

---

① 原文为法语。相传出自法国国王路易十五之口，他在位时挥霍无度，预言自己死后会有灾祸降临。

样、情绪失控。俄国人和英国人还挺聪明，不伤他毫毛，却让他毁灭。

现在他死了，也算成了英雄。不过大家已经不在乎了，毕竟不复当年。

我早就听厌了他的故事。他走进了这里，本来地方就小，也不打声招呼就把我的位置都占了。我唯一乐意见他的一次是厨子在的时候，厨子怕他，赶紧走了。

他们离开，气味还会留下。波拿巴散发着一股鸡味。

维拉内拉一直给我写信，我既没拆开也没回复，全都直接退了回去。不是我不想她，我也依然每天在窗前望她。但我得让她走，她伤害我太深了。

曾经，几年前吧，她想带我离开这里，但不让我和她在一起。她就这样让我再度陷入孤独，而我好不容易才安稳下来。我再也不想独自一人了，我不想多看这世界一眼。

内陆的城市是如此广阔，没有一张地图能够描绘。

她来的那一天是多米诺的忌日。我没有见到他，他从不过来。

那天早晨我醒来，清点了一下我的财产：圣母像、笔记本、这个故事、灯和灯芯、我的笔还有我的护身符。

护身符已经化了，只剩下那条金链子，细细的一条躺在一汪水里，闪着光。

我拾起它，缠在指间，从一根手指绕到另一根手指，看它像蛇一样游走。于是我知道他已经死了，虽然不知道他是怎么死的，在哪里死的。我把链子戴在颈间，故意露出来让她看，可她没有看见。她眼里闪着光，满脑子都是逃跑。我和她逃跑过一次，像流亡一样到了她家，为爱情留了下来。傻子才为爱情停留。我就是个傻子。我待在军中八年，就因为我爱着一个人。这样一次已经足够。我再度留下来，是因为没别的地方可去。

而留在这里，是我自己选择的。

这对我来说意义重大。

她似乎以为我们可以顺利逃到她的船上不被人抓。她疯了吗？那我免不了又得杀人。我做不到，就算是为了她。

她说她怀了孩子，可她不想同我结婚。

怎么能这样？

我想娶她，不然我不能拥有她的孩子。

不如索性不再见她。我也不是天天都朝她招手。我有一面镜子，如果阳光好，站在窗内就能看到她经过时头发的光彩。它让地上的草席生辉，耶稣诞生的马厩大概就是这幅景象，光华流转，如梦似幻。

有时船上还有个孩子，肯定是我们的女儿。不知道她的脚像谁。

我只和老朋友说话，这里的人我是不理的。不是因为他们疯了我没疯，而是他们太容易失去兴趣了。很难让他们持续关注一个话题，如果有什么话题他们爱听，那么大概率我也不爱说。

我感兴趣的是什么？

激情。执念。

两者我都见过，而且我知道，两者间的界限就像威尼斯小刀一样薄而残忍。

当我们穿过莫斯科的零度冬天走回来的时候，我坚信前方是更好的去处。我坚信我在采取行动，把长久以来攥住我的痛苦而肮脏的东西抛在身后。自由意志属于每一个人，我的神父朋友说。人人都有想改变的心。我对占卜、算命不怎么信。我不像维拉内拉，我无法在手掌上看到隐秘的国度，也不会在浑浊的水晶球里看见未来。可如果那些东西真的都不作数，那个奥地利的吉卜赛人为何把十字画在我的前额，又为什么要说"你做的事情饱含忧伤，你待的地方太过孤独"？

我做的事确实忧伤。如果没有母亲和朋友的陪伴，这里也的确荒凉无比。

窗外，海鸥鸣叫。我曾羡慕它们的自由，还有它们飞翔其上的那无边无际、似乎永远丈量不完的田野。我羡慕每一个安居其所的自然之物。我以为穿上军人的制服我就能自由，因为军人到哪儿都受尊重，每天的任务也安排得明明白白，丝毫不受未知的折磨。我以为我在为世界做贡献，在为它松绑，也在为自己松绑。这么多年过去，我走过农民连想都不敢想的距离，却发现每个国家的空气都大同小异。

战场也如出一辙。

关于自由的探讨良多。自由就像圣杯，我们从小听到大，确信它存在，可是关于它的所在，每个人有每个人的看法。

我的神父朋友，尽管平时俗不可耐，却在主的身上找到了自由。帕特里克在混乱的想象中找到了自由，那里有地精的陪伴。多米诺说自由就在当下，在当下才能自由，那是稀缺的、不期而然的自由。

波拿巴告诉我们，战斗中得自由。可在故事里靠强力是得不到圣杯的，反而是温和的骑士帕西瓦尔仅仅是在荒废的教堂安静地坐着，就找到了众人忽视的圣杯。现在我想，有钱、有权、受人尊敬、无所拘束都不是自由，只有能够去爱才是自由。爱一个人爱到忘我，那一刻你是自由的。信教的说着什么抛却俗世的欲望，不再当肉身的奴隶。殊不知我们正是通过肉身获得自由。正是因为对他人的欲望，我们才得以超脱自己，成为比任何神祇都洁净的人。

我们是一个性情淡漠的民族，我们渴望爱就是在渴望自由。如果有勇气去爱，谁还会沉迷于战争呢？

窗外，海鸥鸣叫。该喂喂它们了，我会专门剩下点早餐的面包，好投喂它们。

人们说，爱是束缚，激情是魔鬼，多少人在爱中迷失。我知道他们说得没错，但我也知道，若没有爱，我们只能一生在阴暗的隧道里摸索，永远看不到太阳。当我坠入爱情，就好像头一次从镜中看见自己。我在惊奇中抬起手臂，感受我的脸颊、我的脖颈。这就是我。当我逐渐认清自己，便不再畏惧去憎恶自己的某些部分，因为我得对得起持着镜子的那个人。

头一次注视自己时，我看见了世界，发现世界比我想象中的更精彩。和许多人一样，我喜欢炎热的夜晚，喜欢做饭的香味，喜欢冲上云霄的鸟雀，可我不信鬼神，也不信上帝，我感觉不到书上说的那种狂喜。我渴望去体验，可我无法讲给你听。激情、狂喜这类词，从书本上学到的永远只是字面。有时我们想翻过书页，看看背面的内容，人人都有故事可讲，关于女人，关于妓院，关于鸦片，关于战争。我们心怀畏惧。我们害怕激情，我们嘲讽爱情，也嘲讽那些坠入爱情的人。

可我们依然渴望去体验。

我开始打理这里的花园。好几年没人动过了。据说以前玫瑰开得很好，遇上顺风时在圣马可广场都能闻到花香。现在这里只余一团团荆棘，鸟儿都不在这里筑巢。花园成了不毛之地，又因为海盐的关系，能种的东西非常少。

我做梦都想要蒲公英。

我梦想有一片广袤的田野，花儿自由开放。今天我把假山周围的泥土铲走、填回，平整了地面。为什么在岩岛上还弄个假山？我们看够了石头。

我要给维拉内拉写信要点种子。

想来也怪，要是波拿巴没和约瑟芬离婚，天竺葵也许不会开到法国。她得围着他转，腾不出空发展园艺。他们说她给法国引进了一百多种植物，只要你开口，她就会免费送你种子。

那我给约瑟芬写信要点种子。

母亲在屋顶上晒罂粟，要在圣诞节用花装饰出《圣经》里的场景。我打理花园，有一部分也是为了她，她说这里光秃秃的，除了海水就是海水。

我还要为帕特里克种点草，给多米诺造一块墓碑，不必显眼，只是在温暖的地方立块石头，他毕竟经历了那样的苦寒。

为我自己呢？

我要为自己种一棵柏树，我死之后，它依然常青。我怀念田野也是同样的原因，田野能让你感觉到未来与现在同在。有一天，就在你东张西望、心不在焉的时候，一株幼苗、一棵树，你种下的东西会不知不觉地冒出来。我喜欢生命在我之后延续，这种快乐波拿巴不懂。

这里有一只鸟，一只失去母亲的孤鸟。我占了那母亲的位置，让它歇在我的肩头，躲在我耳后取暖。我给它喂牛奶和虫子，虫子是我跪在地上用手挖的。昨天它第一次飞翔，从我正在播种的土地飞到了一棵荆棘上。它唱着歌，我伸出手指带它回了家。晚上它就睡在我屋中一个装衣领的小盒子里。我不给它起名。我又不是亚当。

这是个贫瘠的地方。维拉内拉的天赋是对什么都会多看一眼，她教我要在最不可能的地方发现乐趣，对显而易见的东西保持好奇。她有一个绝活，光靠一声"快看这个"就能让你为之雀跃，于是又一个普通的宝物鲜活起来。即便是最粗野的女人也免不了被她蛊惑。

每天早晨，从监房到花园的那段路我都走得很慢，我用双手仔细感觉墙壁的纹理；我认真呼吸，嗅着空气的味道；太阳升起的时候，我便转过脸，让阳光洒在脸上。

有一天晚上，我一丝不挂地在雨中起舞。我从未做过这种事，从未感受过箭一样冰冷的雨水打在身上时皮肤的变化。在军营中我淋过无数次雨，可没有一次是自愿的。

自愿进入雨中是完全不同的一回事，可看守们不这样想。他们让我进屋，不然就拿走我的鸟。

花园里，我有铲和耙，但只要天气不是太冷，我更愿意直接用手干活。我喜欢泥土的触感，喜欢将它用手掌压实或者在指间捏碎。

这里有的是时间，可以慢慢去爱。

那个水上行走的男人叫我在花园里造个池塘供

他练习。

他是英国人。所以也不足为奇。

有一个看守喜欢我。我没有问原因，我已经学会接受现实，不再刨根问底。每次他看到我跪在地上，用看似随意实则科学的方式刨挖泥土，就会心疼得赶紧拿着铲子跑过来帮忙。他很想让我用那个铲子。

他不理解，我就是想要可以犯错的自由。

"你这样永远也不出去的，亨利，只要他们觉得你还是疯的。"我为什么要出去？大家都忙着出去，却错过了脚下之地的事物。看守们坐船离开的那天，我都没有目送。我也想知道他们会去哪里，他们的生活将会怎样，但我并不想和他们同去。他们脸上总布满愁云，就连阳光最好的日子，风鞭打着岩石取乐时，也难见他们的笑颜。

我还想去哪儿呢？这里有房间，有花园，有陪伴，有自己的时间。这不就是大家追求的吗？

那爱呢？

我依然爱着她，没有一天不想她。冬天山茱萸变红的时候，我会忍不住伸手去摸，想象那是她的头发。

我爱的是她，不是她的幻象、她的传说，也不是我臆想出的生物。

就是她，一个非我的人。我以想象创造出了波拿巴，正如他创造出了自己。

我对她的激情，虽然她永远不会回报，让我知道了臆想一个爱人和真正爱一个人，有多大的区别。

前者你爱的是自己，后者爱的才是别人。

我收到了约瑟芬的信。她还记得我，她想过来看我，不过我觉得这不太可能。她对我的地址没表现出什么疑问，随信寄来了好多种子，还有一些得种在暖房。她把怎么种都写好了，有的还画了图；可我拿猴面包树怎么办呢，显然这玩意儿是倒着长的。

可能这里是最适合它的地方。

他们说约瑟芬在阴冷潮湿的卡默斯监狱等待被雅各宾派处决的时候，她和几位性格坚毅的女士在石头上种了苔藓和地衣，那当然算不上花园，但起码是抚慰人心的一片绿色。这或许确有其事，又或许只是杜撰。

不过不重要。

这个故事已让我的心得到了抚慰。

对岸，疯人之城里，人们在准备迎接圣诞和新年。除了称颂圣婴，他们没有为圣诞准备太多庆祝，但是新年会有游行活动。透过窗子，能看到装饰一新的船只，灯光在水面荡漾，让水像油一样发亮。我整夜没睡，听着死者在岩岛周围哀号，看星星划过天空。

午夜，钟声从每一座教堂响起，起码有一百零七座教堂。我本来想数一数，但这座城市是流动的，今天是这样，兴许明天就变成了那样。

你不相信？

你自己去看吧。

圣塞韦洛岛上也举行礼拜，全程鬼影幢幢——犯人戴着镣铐，说话的说话，乱动的乱动，少数几个认真的人也不可能听清弥撒的内容。我现在不去了，那里不是晒日光浴的地方。我宁愿待在房间里，望着窗外。去年维拉内拉划船过来了，靠得很近，放了烟花。有一束冲得好高，仿佛伸手就能碰到，我真想纵身一跃，随着烟花下坠，再亲近她一次。可再靠近一次，又有什么用呢？恐怕只会打开痛哭的闸门，让我再也止不住眼泪。

今天我重读了我的笔记本，发现：

> 我说我爱上了她，这究竟是什么意思？
> 意思是当我再看自己的过去和未来，都会带着这种爱的眼光。就好像我之前都在用外语写下东西，现在突然能够读懂了。她不发一言，

我便了然于心；她宛如天才一般，但并不知晓自己的神力。

我不停写，这样就一直有东西可读。

今夜降下的霜会点亮大地，冻结繁星。明天早上我去花园，就会发现冰网纵横交错，水浇多的地方夹杂碎冰。只有花园会结这样的霜冻，别的地方盐分太多了。

我能看见船上的灯光，而和我在一起的帕特里克能一直看到圣马可广场。他的那只眼睛依然如神，现在连墙都挡不住他了。他给我描述穿红衣的辅祭男童、穿猩红色与金色教服的主教，还有教堂穹顶上善与恶之间永恒的争斗。我喜欢那种带绘画的穹顶。

从我们那次去布洛涅的教堂到现在，已经过去二十多年了。

外面，潟湖上，许多船头涂成了金色，船身闪着凯旋的华光。它们组成了一根明亮的光带，一个新年的护身符。

明年我要种红玫瑰，种满满一片红玫瑰。

在这座岩岛？这样的天气？

我在给你讲故事。相信我。

图书在版编目（CIP）数据

激情 / （英）珍妮特·温特森著；杨雪译. -- 北京：新星出版社, 2025. 9. -- ISBN 978-7-5133-6108-8

Ⅰ. I561.45

中国国家版本馆CIP数据核字第2025WV9261号

激情

[英]珍妮特·温特森 著；杨雪 译

责任编辑	汪 欣	特约编辑	冯文欣 张 典 朱文曦
营销编辑	梁圣煊 游艳青	装帧设计	韩 笑
内文制作	张 典	责任印制	李珊珊 史广宜

出 版 人　马汝军
出　　版　新星出版社
　　　　　（北京市西城区车公庄大街丙 3 号楼 8001　100044）
发　　行　新经典发行有限公司
　　　　　电话（010）68423599　邮箱 editor@readinglife.com
网　　址　www.newstarpress.com
法律顾问　北京市岳成律师事务所
印　　刷　山东京沪印刷科技有限公司
开　　本　787mm×1092mm　1/32
印　　张　8.5
字　　数　108 千字
版　　次　2025 年 9 月第 1 版　　2025 年 9 月第 1 次印刷
书　　号　ISBN 978-7-5133-6108-8
定　　价　49.00 元

著作版权合同登记号：01-2025-1959